LES QUATRE COMMÈRES
DE LA RUE DES ORMES

Louise Dandeneau

Les quatre commères de la rue des Ormes

NOUVELLES

Les Éditions du Blé
Saint-Boniface (Manitoba)

Nous remercions le Conseil des arts du Canada et le Conseil des arts du Manitoba de l'aide accordée à notre programme de publication.

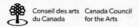 

Nous reconnaissons l'appui financier de la Direction des arts de Tourisme, Culture, Patrimoine, Sport et Protection du consommateur Manitoba.

Maquette de la couverture : Eric Ouimet
Illustration de la couverture : Michel Saint Hilaire,
    www.michelsainthilaire.com
Mise en pages : Lucien Chaput

Les Éditions du Blé
Saint-Boniface (Manitoba)
http://ble.avoslivres.ca
Distribution en librairie :
   Diffusion Prologue, Boisbriand (Québec)

Catalogage avant publication de Bibliothèque et Archives Canada

Dandeneau, Louise, 1963-, auteur

    Les quatre commères de la rue des Ormes : nouvelles / Louise Dandeneau.

Publié en formats imprimé(s) et électronique(s).
ISBN 978-2-924378-38-0 (couverture souple).
ISBN 978-2-924378-39-7 (pdf).
ISBN 978-2-924378-40-3 (epub)

    I. Titre.

PS8607.A5495Q38 2016   C843'.6   C2015-908454-7
                                      C2015-908455-5

Pour toi André,

qui me dis toujours

« T'es capable »

Je n'aurais pu réaliser mon rêve de devenir écrivaine sans la générosité de Bertrand Nayet, qui me guide depuis déjà dix ans. Je le remercie chaleureusement.

AVANT-PROPOS

Les histoires que vous lirez dans ce recueil ont eu lieu au début des années 1970, une époque de grands changements sociaux, loin du « politiquement correct » et qui ne connaissait pas encore le téléphone portable.

Tout ce qui est raconté dans ces pages est véridique. Sauf les parties fallacieuses.

CHEZ BERTHE MERCIER
(L'ÉPICIER DU COIN)

MAURICE MERCIER lisse la nappe brodée et dresse la table. Il prépare le café et met les biscuits maison dans une assiette. Quand les invitées arrivent, il prend leurs vestes et les accroche avec soin. Il fait tout cela avec des gestes lents et précis avant de s'effacer.

— Il m'est d'un grand secours, mon garçon, dit Berthe en dirigeant ses amies à la cuisine.

— Quelle belle nappe ! s'exclame Lucille.

— C'est moi qui l'ai faite et Maurice qui l'a repassée, annonce fièrement Berthe.

Un silence gêné s'installe. Un homme ne fait pas l'ouvrage d'une femme. Mathilde se racle la gorge et Berthe rougit. Elle offre du café et des biscuits. Les femmes acceptent, contentes de passer à autre chose.

— J'ai vu Caroline Duval l'autre jour à l'Épicerie Martel, chuchote l'hôtesse.

Ses trois invitées sont tout yeux, tout oreilles. Berthe croque un biscuit et se lèche les coins de la bouche.

— C'est fou ! Elle court après René Martel, un homme deux fois son âge...

— Y a pas deux fois son âge, y a à peine cinquante ans, interrompt Lucille.

Berthe remue vigoureusement son café et se pince les lèvres.

— Quoi qu'il en soit, elle court après, mais elle devrait sortir avec un homme de son âge. Comme mon Maurice.

Gertrude roule discrètement les yeux en avalant un deuxième biscuit. Berthe semble croire que toutes les femmes célibataires de trente ans et moins devraient trouver son fils à leur goût. Il est gentil, certes, mais un peu niais. Elle dissimule son agacement derrière une gorgée de café.

Mathilde balaie l'air de la main et dit :

— Je sais pas si elle devrait sortir avec ton Maurice...

Berthe la foudroie du regard.

— ... mais sûrement avec un homme plus près de son âge.

Les deux autres opinent de la tête.

— Et lui, vieux sacripant, qu'est-ce qu'il veut d'une femme aussi jeune ?

— Ça, c'est évident ! s'écrie Mathilde. Sont tous pareils, les hommes.

— Sauf mon Maurice.

— Bien sûr, dit mollement Lucille.

Les femmes sirotent leur café. Gertrude mord dans un biscuit, son troisième.

— Mmm, Berthe, tes biscuits au beurre de pinotte sont bons ! dit-elle.

Berthe toise la grande femme maigre. Elle n'aime pas qu'on dévie du sujet qui les occupe. Elle aime encore moins que Gertrude puisse engouffrer autant de biscuits qu'elle veut sans jamais prendre une seule once.

— Pour revenir à la Duval, dit Berthe en faisant danser ses mentons, elle veut le bonhomme Martel même après que j'lui aie dit que c'est pas un gars à *troster*.

Les trois autres commères secouent la tête et marmonnent des « Non, il faut pas le *troster* celui-là » et des « S'y était pas l'épicier, j'lui parlerais même pas ! »

— Y a toujours été très impoli envers moi, se plaint Berthe.

— C't un homme odieux !

— Surtout après ce qu'y a fait à sa femme...

— Qu'est-ce qu'y a fait ? demande Gertrude avec une curiosité sincère.

Gertrude, nouvellement arrivée à la rue des Ormes, est la plus jeune des quatre commères et la dernière à s'être jointe au groupe après que Mathilde l'ait recrutée. Berthe respire comme un cheval, les lèvres serrées.

— Gertrude, faut savoir écouter et observer. Monsieur Martel est un homme... Y a fait des choses impardonnables. Je sais que... c'est-à-dire...

Berthe vide sa tasse d'une grande lampée. Lucille se gratte le bras en regardant le plafond et Mathilde balance ses fesses plantureuses sur sa chaise. Gertrude est confuse. Berthe évite son regard et reprend son récit.

— En tout cas, j'ai décidé d'en parler avec le père de mademoiselle Duval.

— Oh, t'as ben fait ! Qu'est-ce qu'y en a dit ?

— Le vieux a vu les choses du bon œil. Y va sûrement empêcher sa fille de faire la plus grosse erreur de sa vie, se flatte Berthe.

Maurice entre dans la cuisine. Replet, les épaules voûtées, les yeux ensommeillés, il fait le tour de la table et ressert les femmes en café. Il garnit de nouveau l'assiette de biscuits et, sans dire un mot, repart en traînant ses savates. Berthe trempe un biscuit dans son café et en prend une bouchée.

— Y pourrait rendre n'importe quelle femme heureuse, mon fils, murmure-t-elle en fixant sa tasse.

Les trois autres femmes émettent un petit « mmm mmm » en buvant le bon café de Maurice.

L'ÉPICIER DU COIN

MONSIEUR MARTEL est en train de ranger les pots de yogourt dans le frigo au fond du magasin quand tinte le grelot de l'entrée. C'est Caroline Duval ! L'épicier termine vite sa tâche et se précipite à la caisse. La cliente évolue entre les rayons avec l'élégance d'une danseuse, ses cheveux noir corbeau tombant sur ses épaules. Monsieur Martel passe distraitement ses doigts sur le sommet de son crâne, gêné du contraste entre ses cheveux clairsemés et la belle crinière de Caroline. Celle-ci remplit son panier de victuailles et avance vers la caisse.

— Vous l'avez reçu, monsieur Martel ?

Le commerçant se penche sous son comptoir et, sans quitter Caroline des yeux, en sort le nouveau casse-tête. La chevelure de la jeune femme s'agite légèrement comme si une brise venait de passer. Elle paie ses achats et sort.

L'éclat dans les yeux de monsieur Martel disparaît aussitôt. «Je suis bien trop vieux...» Il balaie l'air de la main et commence à calculer mentalement les recettes de la journée. C'est sa façon de se consoler.

En sortant du magasin, Caroline croise Berthe Mercier. Celle-ci se retourne vivement pour voir ce que Caroline porte dans ses sacs en papier brun. Elle remarque le casse-tête et suit la femme du regard quelques secondes avant de foncer sur monsieur Martel.

Monsieur Martel n'aime pas les quatre commères de la rue des Ormes, plus particulièrement Berthe Mercier, la doyenne, la plus fielleuse du groupe. Ses grosses hanches se dandinent, ses yeux s'écarquillent de curiosité, sa bouche entrouverte en permanence est toujours prête à cracher la plus récente rumeur. Elle tient son petit sac à main élimé contre son ventre rebondi et, quand elle se trouve devant monsieur Martel, elle susurre :

— Y a que'que chose de pas correct avec cette fille-là.

Coincé derrière son comptoir, l'épicier jette un regard anxieux sur la porte qui demeure désespérément fermée.

— Vous trouvez pas ? J'la connais bien, j'ai enseigné avec elle jusqu'à ma retraite, dit-elle sur un ton autoritaire, la bouche en cul-de-poule.

Monsieur Martel pousse un soupir. Il s'agrippe au bord du comptoir, ses doigts blanchissent sous l'effort.

— Me semble que vous vendez pas de casse-tête.

— C'est une commande spéciale.

Il regrette aussitôt son aveu. Berthe Mercier se passe la langue sur les lèvres et avale sa salive. Quel morceau croustillant a-t-elle trouvé...

— Pourtant, vous en faites pas, des commandes spéciales, d'habitude.

Ses doigts boudinés tambourinent sur le comptoir. Monsieur Martel baisse les yeux et lâche un petit grognement. Madame Mercier fronce les sourcils d'un air menaçant.

— Elle est beaucoup trop jeune pour vous. De toute façon, elle et mon Maurice se voient.

Monsieur Martel relève brusquement la tête.

— Ils se voient ?

— C'est pas encore chose faite, mais ça tardera pas. Maurice a ses charmes, vous savez.

« Maurice, le grand sans-dessein du quartier », se dit monsieur Martel. Les deux fils aînés de la bonne femme sont morts de la tuberculose en bas âge ; ses quatre filles vivent à l'extérieur de la province ; ne lui reste à la maison que Maurice, son benjamin de trente ans.

— Vous m'avez pas dit qu'y avait que'que chose de pas correct avec elle ?

— Oh, c'est juste une façon d'parler. Vous, les hommes, vous prenez tout d'travers.

— Alors, qu'est-ce que vous voulez ?

— Un timbre.

— Juste un ?

— Quoi, il faut en acheter plus qu'un ? J'en ai rien qu'besoin d'un, c'te affaire.

Berthe paie et sort du magasin en se dandinant toujours.

Caroline range les emplettes tandis que son père la regarde faire de son fauteuil roulant. Elle plie les sacs en papier qu'elle conservera pour doubler les poubelles.

— Qu'est-ce que t'aimerais pour le souper ?

— Du bœuf, grommelle Élas Duval.

Caroline grimace. Elle n'aime pas le bœuf.

À l'heure du souper, Caroline fait rouler gentiment le fauteuil de son père jusqu'à la table. La conversation est brève et le repas se termine en silence. Après avoir lavé la vaisselle, Caroline ramène son père dans le salon et lui présente le nouveau casse-tête, des minous qui jouent avec une pelote de laine.

— Pourquoi tu restes pas à maison demain pour m'aider avec le puzzle ? dit Élas, une pointe de reproche dans la voix.

— Il faut que je travaille, papa.

— J'sais ben, mais tes frères, y sont trop niaiseux pour venir me voir ?

— Sont tous occupés avec leurs propres familles, j'suppose.

Caroline sait que ses frères ne ressentent pas le besoin de venir voir leur père puisqu'elle est là pour en prendre soin. Pourtant, elle aussi aurait pu se marier. Gérald avait été amoureux d'elle. Il était même venu faire sa demande auprès d'Élas

Duval. Mais le vieil homme l'avait durement renvoyé. Gérald s'était marié deux ans plus tard.

Caroline jette un regard amer sur son père rabougri.

La semaine suivante, Caroline longe à nouveau les rayons de l'épicerie et remplit son panier. Monsieur Martel l'observe, déglutit deux, trois fois, se racle la gorge, se promène de long en large. En voyant son comportement bizarre, Caroline étire le cou pour voir si une des commères vient d'entrer dans le magasin. Non, personne. Elle s'approche alors de la caisse. Monsieur Martel la fixe, le visage et le cou cramoisis.

— Vous allez bien, monsieur Martel ?

— Oui, oui.

La jeune femme hoche la tête et sourit. Un sourire à tout faire craquer. Le cœur de l'épicier s'emballe, il déglutit de nouveau.

— Vous l'avez reçu, monsieur Martel ?

— René.

— ...

— Je m'appelle René. Appelez-moi René, s'il vous plaît.

Ses derniers mots s'éteignent presque.

— Ah. Vous l'avez reçu... René ?

Caroline prononce timidement ce prénom qui a un goût délicieux dans sa bouche.

— Vous voudriez pas un coup de main avec celui-ci ? Il a l'air pas mal difficile, tous ces nuages orageux, propose René en tapotant la boîte.

— Tu. Vous, c'est pour les étrangers.

— Oh, alors, tu... euh, avec ton casse-tête.

— Les casse-tête sont pour mon père, dit-elle, lâchant un rire nerveux. (Ah, qu'elle est belle quand elle rit !) Mais, j'aimerais bien un peu de compagnie.

Sa propre audace l'étonne, elle met sa main sur sa bouche. René se lance.

— Viendrais-tu souper chez moi demain ?

Caroline acquiesce. Elle saisit sa marchandise, la paume de René effleure sa main, juste assez pour sentir la douceur de sa peau. Le grelot de la porte tinte, René retire vite sa main. Trop tard, la Berthe Mercier a tout vu. Elle s'amène en chaloupant vers le comptoir qu'elle frappe du plat de la main. René et Caroline sursautent.

— Vous devriez avoir honte ! Dans un endroit public !

Caroline paie ses achats, René les met dans les sacs.

— Merci, René, murmure Caroline.

— De rien, Caroline.

— Encore un casse-tête ! Mon Dieu, vous les dévorez !

— Qu'est-ce qu'il vous faut, madame Mercier ? demande monsieur Martel, les dents serrées.

— Mon Maurice a besoin de cigarettes, des du Maurier.

Monsieur Martel jette le paquet sur le comptoir, en vrillant son regard dans celui de madame Mercier.

— Un peu d'savoir-vivre, monsieur Martel. Je suis une cliente.

Intimidée, Caroline se dépêche de sortir.

Élas observe sa fille d'un œil soupçonneux en l'entendant fredonner. Caroline sort le casse-tête de nuages. Son père et elle trient les morceaux, séparent ceux de la bordure des autres. Ils commencent ensuite à construire le ciel d'orage.

— Papa, René m'a invitée à souper chez lui demain soir.

Élas Duval s'ébroue.

— René Martel ? L'épicier ? Yé trop vieux.

— Yé pas si vieux, hésite Caroline.

— Ben que trop vieux pour toi.

— J'suis pas si jeune non plus.

Elle essaie d'imbriquer un morceau dans celui que son père vient de poser, mais il ne fait pas.

— Tu m'prends un peu de court.

— J'sors pas souvent.

— Moi non plus, j'suis pris dans cette maudite chaise. Et mon souper demain ?

— Je vais tout préparer pour toi avant de sortir.

— Tu vas me laisser tout seul, bougonne Élas.

Caroline se lève lentement pour s'atteler à la tâche du souper. Le vieil homme détourne le regard en voyant le dos courbé de sa fille penchée sur la cuisinière.

Le lendemain matin, Caroline appelle au magasin et, dès qu'on répond, elle mitraille :

— J'pourrai pas te rencontrer ce soir, non, c'est impossible, j'pourrai pas, 'scuse-moi.

Elle raccroche.

Le jeune homme qui travaille au magasin le samedi raconte au patron l'appel étrange qu'il vient de recevoir. « Évidemment, c'est un mauvais numéro », dit-il en riant. René ne rit pas.

Dix minutes plus tard, dans son salon, l'annuaire téléphonique sur les genoux, il commence à composer le numéro des Duval, mais se ravise. En retournant au magasin, René croise Berthe Mercier.

— J'voulais vous dire, à propos de la petite Duval..., commence la commère.

« Qu'elle est chiante ! », pense René.

— Mon doux, madame, on vous voit partout, dit-il avec humeur.

— C'est normal, j'habite le quartier. Vous vous attendiez à voir Brigitte Bardot ?

— J'aurais préféré.

Si le regard de la commère avait pu tuer, René Martel serait tombé raide mort, droit là. Il poursuit son chemin à grandes enjambées. Derrière lui, les *toc, toc* des talons de la grosse femme accélèrent.

— Monsieur Martel, êtes-vous au courant des problèmes mentaux d'la fille Duval ?

— Non, mais je suis sûr que vous allez m'en informer, répond-il en courant presque.

— Elle veut pas d'enfant. Un mariage sans enfant, ça donnerait quoi !

— Ça donnerait un mariage sans enfant.

— C'est pas normal, une femme qui veut pas d'enfant.

René se retourne, la mère Mercier stoppe de justesse.

— Mais elle serait quand même assez bonne pour votre fils, c'est ça ? D'ailleurs, qui parle de mariage ? Peut-être qu'on veut juste s'amuser pour l'instant.

— Vous êtes vraiment malcommode et grossier en plus !

René ne peut s'empêcher de rire aux éclats. Le regard de la commère durcit.

— Votre chère Élisabeth a jamais pu vous donner d'enfant, j'ai toujours eu pitié d'elle. Vous serez pas plus avancé avec la Duval.

— Vous êtes vraiment méchante, répond l'épicier, la voix rauque.

— Pourtant c'est la vérité.

— Vous avez pas de dignité.

— Tout le monde sait que vous avez été dur envers votre femme. Qu'elle ait l'âme en paix, dit-elle en se signant. Et aussitôt que mademoiselle Duval l'aura compris...

Le teint de René Martel devient livide.

— Viens chez moi ce soir, implore-t-il d'une voix faible.

Caroline ne répond pas. À côté d'elle, son père, de bonne humeur aujourd'hui, cherche où placer le morceau de nuage sombre qu'il tient à la main. Elle indique l'endroit du doigt et il la remercie d'un sourire.

— Caroline...

— Oui, j'suis là.

— On est tous les deux seuls au monde.

— J'ai mon père, dit-elle d'une voix plate.

— Oui, mais pour combien de temps ! lâche René, exaspéré. Il entend renifler Caroline et ressent un vif regret.

— J'en peux plus, souffle-t-elle en raccrochant.

Élas Duval abandonne son casse-tête et examine ses ongles. René sera plus tenace que Gérald l'avait été autrefois...

La file à l'épicerie est longue comme un chapelet. L'haleine froide qui s'échappe des narines de Berthe Mercier frôle l'avant-bras de Caroline. Celle-ci frissonne et regarde résolument devant elle. Enfin, madame Thibault paie ses achats et quitte le magasin. Maintenant si René pouvait empaqueter les emplettes des autres clients un peu plus vite...

Tout à coup, madame Mercier fait un faux pas et accroche le talon de Caroline qui s'agrippe à l'épaule de madame Boulet qui lâche un cri qui fait sursauter monsieur Beaulieu qui énerve monsieur Martel qui fait claquer sa langue.

— Oups ! J'espère que vous avez rien, s'excuse paresseusement la commère.

Caroline secoue la tête en se frottant la cheville. Berthe Mercier voit fondre la file ; madame Boulet est déjà à la caisse. Elle trépigne, son regard saute de Caroline à René Martel à madame Boulet, de retour à Caroline. Elle chuchote à l'oreille de cette dernière :

— Tantôt, monsieur Martel me parlait d'une Brigitte. La connaissez-vous ?

— Non.

— Encore une femme dans sa liste de fouines, faut croire.

— ...

— Martel c'est un coureur de jupons, si vous le savez pas déjà. Mais pas mon Maurice. Ah non, lui est vierge !

Elle annonce ce dernier détail tout haut, en brandissant l'index. Madame Boulet se retourne. Monsieur Martel roule ses yeux vers le plafond. Madame Champagne, au bout de la file, rit sous cape.

Caroline arrive enfin au comptoir, un peu ébranlée. René tape sur les touches de la caisse en secouant la tête. Ses sacs remplis, Caroline paie et sort.

— Elle a pas l'air dans son assiette, aujourd'hui. J'pense qu'elle travaille trop, avance madame Mercier.

René lève les sourcils. La commère continue sur sa lancée.

— Elle se consacre corps et âme à ses élèves, y a sûrement pas de place pour des enfants dans sa vie.

— Les élèves, c'est pas des enfants ? riposte monsieur Martel.

Madame Champagne lâche un rire sonore. Berthe Mercier fait volte-face, dévisage la femme puis répond à l'épicier :

— C'est pas normal, une femme de trente ans qui vit avec son père et qui passe son temps libre à faire des casse-tête.

— C'est plus normal, un homme de trente ans qui vit toujours chez sa mère ?

— On parle pas de mon Maurice, on parle de la fille Duval !

— Madame, c'est les années soixante-dix, les femmes font ce qu'elles veulent.

— Et Dieu merci ! réplique madame Champagne.

— Est-ce qu'on vous a sonnée ? Cette conversation vous regarde pas.

— D'après ce que j'entends, elle vous regarde pas non plus.

Madame Mercier secoue ses mentons et s'empourpre.

— Que voulez-vous, madame Mercier ?

Elle plaque une barre Oh Henry sur le comptoir.

— Vous en avez vraiment besoin, marmonne l'épicier.

Berthe Mercier lance les pièces de monnaie que René Martel doit aller repêcher sur le plancher. La commère déchire l'emballage et sort du magasin en claudiquant. Elle enfourne la friandise et crie, la bouche pleine de chocolat :

— Mademoiselle Duval ! Mademoiselle Duval !

Caroline s'arrête contre son gré. La commère, haletante et rougie, la rattrape et se penche, pliée en deux, cherchant son souffle.

— J'm'excuse, commence-t-elle sur un ton doucereux en se redressant. J'sais que c'est pas de mes affaires...

Caroline Duval l'observe et attend la suite, le visage impassible. Madame Mercier lèche le chocolat aux commissures de ses lèvres.

— Le Martel a la mèche courte...

Une masse de béton paralyse le ventre de Caroline.

— J'sais pas si vous le savez, ma chère demoiselle, mais monsieur Martel et son Élisabeth se criaient les pires bêtises. Des choses épouvantables.

Le visage de Caroline Duval blêmit et se défait. Celui de Berthe Mercier reprend de la vigueur. La dame avance d'un pas. Leurs nez se touchent presque.

— J'crois même qu'il frappait cette pauvre Élisabeth. C'était une créature fragile.

Caroline frémit. Berthe Mercier se balance d'un pied à l'autre, elle a fait mouche.

— C'est difficile de trouver un homme doux de nos jours, mais mon Maurice... un agneau. Bon, faut que j'y aille.

Pendant la sieste de son père, Caroline réfléchit aux propos de madame Mercier. Et si c'était vrai... Après tout, René n'a pas été délicat en parlant de son père infirme. Dans le fond, elle ne le connaît pas très bien. Mais il n'y a qu'une façon d'en avoir le cœur net.

Caroline enfile une robe simple, ramasse ses cheveux sur sa nuque et attache la queue de cheval. Elle prépare le souper de son père. Il boude. Elle lui dit qu'elle l'aime et promet de rentrer tôt.

Dans la fraîche soirée de septembre, absorbée par ses pensées, elle ne remarque pas Berthe Mercier de l'autre côté de la rue. Celle-ci tente de se rendre invisible, ce qui n'est pas une mince affaire pour la grosse femme. Néanmoins, elle réussit à filer Caroline jusque chez René. « Ah, la petite garce ! »

Assise sur le canapé, Caroline tire sur sa robe pour cacher ses genoux. René, dans la cuisine, martèle la viande pour l'attendrir. Il lance :

— J'ai vu que t'aimais le bœuf...

— Oh, non, je l'achète pour faire plaisir à mon père. J'haïs le bœuf !

Les coups de maillet cessent. René apparaît dans l'embrasure de la porte, l'outil à la main, bouche bée.

— Qu'est-ce qu'y a ?

— J'ai acheté deux steaks.

Caroline rit de bon cœur.

Ils ouvrent une boîte de fèves au lard et les mangent avec des pommes de terre. Caroline prend une bouchée.

— Ça aurait été chouette d'avoir du vin.

René se tape le front.

— J'ai du whisky...

— Pourquoi pas !

Des miettes sont tombées de la bouche de René et saupoudrent les carreaux de sa chemise. La sauce des fèves tache le bord des lèvres de Caroline. Le whisky est onctueux ; le repas, agréable et la conversation, légère et facile.

À la fin de la soirée, René raccompagne Caroline. Le couple ne voit pas le vieillard qui les épie derrière le rideau. René prend la main de Caroline et pose un doux baiser sur sa joue.

— Bonne nuit.

Elle hoche la tête en souriant. Élas Duval tire le rideau juste avant que sa fille ne rentre. René repart en sifflant.

À l'épicerie, Caroline et René échangent des sourires radieux. Elle paie ses achats, il remplit ses sacs. Ils se regardent intensément quelques secondes.

— Mon père m'attend.

Personne aux alentours... René prend les joues de Caroline entre ses mains et plante ses lèvres un peu maladroites sur celles de la jeune femme médusée. Un des sacs s'écrase sur le sol ; deux ou trois boîtes de soupe s'en échappent et une pomme tombe avec un bruit sourd. La porte de l'épicerie s'ouvre. René est tellement heureux qu'il n'est même pas fâché de voir entrer madame Mercier. Devant ce spectacle, la commère secoue sa grosse tête et tourne les talons.

Élas Duval s'échine dans son fauteuil roulant, on n'arrête pas de sonner. Il est très surpris de voir madame Berthe Mercier sur son perron. La dame s'introduit dans la maison avant qu'il ne l'invite à le faire. Elle ferme la porte derrière elle.

Il ne reste que quelques morceaux à poser pour terminer le casse-tête.

— Papa, on pourrait inviter René pour un café ?

— Pourquoi ?

— Pour le connaître.

— M'intéresse pas après ce que j'ai entendu dire sur ce gars-là.

Ils posent chacun un brin de ciel orageux dans le cadre.

— Par exemple ?

— Par exemple qu'y a battu sa femme.

Caroline a l'estomac barbouillé. Elle va se verser un grand verre d'eau qu'elle boit d'une traite. De retour dans le salon, elle fait les cent pas en triturant ses doigts.

— Qui t'a dit ça, papa ?

— C'est pas important. J'lui fais pas confiance, à c't homme-là.

— Papa, je veux le revoir.

— Tu veux revoir un homme qui t'embrasse sauvagement dans son propre magasin ! jappe-t-il.

Le cœur de Caroline plonge au fond de ses entrailles. Cette vieille mégère !

— Dis-moi que c'est pas vrai que Martel t'a embrassée.

Elle regarde son père sans ciller.

— René m'aime.

— Il traîne avec un paquet de femmes, c'est comme ça qu'il t'aime ?

— C'est pas vrai. René est fidèle.

— Et tu le sais, ça...

— C'est madame Mercier qui t'a raconté ses ragots, hein ?

— Elle a dénoncé ton vieux Martel, c'est pas la même chose.

— Donnes-y une chance à René, supplie Caroline, les larmes dans la gorge.

— J'suis pas obligé d'y donner une chance.

— Alors, donne-moi une chance, papa.

— Qu'est-ce que...

— J'ai trente ans, ce sera bientôt trop tard pour moi, ho-quète-t-elle.

Élas pose enfin le dernier morceau du puzzle. Tous les nuages sont en place. Le vieil homme agite vaguement la main, bafouille quelques mots. Sans un regard, Caroline sort dans la nuit et ferme doucement la porte de la maison.

CHEZ MATHILDE FONTAINE
(LA BOÎTE BLANCHE)

BERTHE, LUCILLE ET GERTRUDE comprennent en voyant la mine renfrognée de leur hôtesse qu'elle s'est de nouveau disputée avec son mari. Les femmes s'installent autour de la table et Mathilde verse le café.

— C'est Gilles qui te met dans un tel état ? Parle-nous-en, dit Berthe en se léchant les lèvres.

Mathilde leur sert les restes d'un gâteau au chocolat et se laisse choir sur une chaise.

— J'ai juste voulu aider Edgar Boulet, et Gilles m'a dit de me mêler de mes affaires ! Je vis avec lui depuis trente-trois ans, je lui ai fait six enfants et, encore, c'est pas assez ! Il faudrait que je me taise en plus ! Il comprend rien à rien.

Son poing tombe sur la table. Les convives sursautent.

— Non, les hommes comprennent pas les femmes, dit Gertrude, comme pour elle-même.

— Qu'est-ce qu'y a, Edgar Boulet ? s'enquiert Lucille.

— J'ai essayé de l'avertir, mais y voulait rien entendre.

— Gilles ou monsieur Boulet ?

— Monsieur Boulet ! On parle plus de Gilles. Suis un peu Gertrude ! rétorque Mathilde.

Les trois invitées se regardent à la dérobée, elles sirotent d'un même mouvement leur café et reposent leurs tasses, qui tintent sur les soucoupes. Mathilde fait tourner sa tasse entre ses mains.

— Il serait en bien meilleure santé si madame s'était occupée de lui au lieu de courailler avec des femmes aux idées stupides.

Berthe et Lucille hochent la tête. Gertrude les imite sans trop savoir pourquoi, mais elle n'ose plus poser de questions. Au lieu, elle se ressert de gâteau sous l'œil austère de Berthe.

— Y a des femmes qui connaissent pas leur place et qui prennent les années soixante-dix comme excuse pour faire à leur gré et abandonner leurs devoirs à la maison, martèle Mathilde. Et c'est exactement ce que j'ai essayé de leur faire comprendre aux Boulet, mais non. Et maintenant, yé malade comme un vieux chien battu.

Les trois autres femmes émettent un hoquet de surprise. Les yeux de Mathilde pétillent et elle s'assied bien droite dans sa chaise.

— Quand je l'ai trouvé, mes amies...

Elle marque une pause, la main sur la gorge et la voix chevrotante.

— ... il était sur le seuil de la mort, je vous le jure !

Berthe, Lucille et Gertrude s'exclament en chœur :

— Oh mon Dieu ! Pauvre homme !

Au même moment, Gilles Fontaine entre dans la cuisine. Les femmes se taisent. Il se verse un café.

— De quoi vous parlez ? Ou plutôt de qui ? demande-t-il sur un ton bourru.

Alors que Mathilde réplique : « C'est entre nous », Gertrude laisse échapper : « Monsieur Boulet ». Berthe assène un coup de coude à la maigrichonne qui lâche un « Ayoye ! » en se faisant petite dans sa chaise. La doyenne pense qu'elles n'auraient jamais dû accepter cette innocente dans leur bande !

Gilles secoue la tête et marmonne un commentaire désobligeant avant de quitter la cuisine. Mathilde reste stoïque.

— Sa maladie est grave ? s'informe Lucille.

— Gilles est malade ? s'étonne Gertrude.

— Mais non ! Monsieur Boulet !

— Il tient qu'à un fil, j'suis sûre qu'il verra pas Noël, répond Mathilde.

— Oh, quelle horreur !

— Que c'est triste !

— Une vraie tragédie !

Et les quatre commères s'empiffrent de gâteau.

LA BOÎTE BLANCHE

LÉA met ses affaires dans un gros fourre-tout qu'elle glisse sur son épaule. Sous le regard foudroyant de son mari, elle sort de la maison sans dire au revoir. « Maudite *women's lib* », grogne Edgar. Il se promène de long en large, les poings dans les poches. Depuis qu'il est à la retraite, Léa fait des repas simples, ne nettoie plus la maison aussi soigneusement, fait la lessive quand ça lui chante. Et, à tout bout de champ, elle lui remet sous le nez le fait qu'elle a élevé neuf enfants et qu'elle a maintenant le droit de se gâter un peu. Et, pour se gâter, elle se gâte ! Elle n'a jamais travaillé et, aujourd'hui, il est obligé de lui payer des cours de dessin ! Tout à coup, Edgar tousse. Il n'arrive pas à se débarrasser de cette toux, qui l'importune de plus en plus. Fatigué, il s'installe à la table, bourre sa pipe, tire dessus trois ou quatre fois.

— Qu'elle se tienne avec sa racaille, je m'en fous.

À deux pas de chez la professeure de dessin, Léa croise Mathilde Fontaine. Ses épaules s'affaissent et son sac tombe au sol. Les yeux de madame Fontaine s'écarquillent en voyant, tout éparpillés, crayons, gommes, fusains, papier. Elle se penche pour prendre les objets mais Léa, plus leste, y parvient la première.

— C'est pour le cours de dessin chez madame Champagne ?
Léa ne répond pas. Elle range tout dans son sac.
— Votre mari sait ce que vous faites ?

— À votre avis ?

Léa monte les marches du perron et sonne.

Par la fenêtre, Edgar voit arriver Mathilde Fontaine avec un plat entre les mains. Il en est fâché mais pas surpris. « Grosse tarte, qu'elle nous laisse tranquilles. »

— Oui ? dit abruptement l'homme en ouvrant la porte.

— Pour vous et votre femme, monsieur Boulet ! dit madame Fontaine en lui présentant une cloche à gâteau.

Edgar change de mine ; il adore le gâteau et toutes les pâtisseries. C'est lui qui en achète le plus aux ventes de la Ligue des femmes catholiques. Il se pourlèche les lèvres. Mathilde se fend d'un sourire racoleur.

— Je le sors du four !

Edgar s'efface derrière la porte et laisse entrer la grosse femme. Elle s'empresse de se rendre à la cuisine pour remplir une assiette avant que monsieur Boulet n'ait l'idée de la mettre à la porte.

— Et madame Boulet, elle est pas là ?

Edgar, qui vient de se remplir la bouche, secoue la tête en guise de réponse.

— Elle vous a laissé seul ? Mais elle est où, ce soir ?

— Cours de dessin.

— Qu'est-ce que ça peut bien donner de dessiner ?

Edgar, aux anges, n'écoute plus la commère. Il prend un deuxième morceau de gâteau. Il essuie le chocolat autour de sa bouche et se passe la langue sur les dents. Madame Fontaine fronce le visage et lance un regard impatient. Repu, le bonhomme s'appuie contre sa chaise, étire ses jambes et bourre sa pipe.

— Dommage que madame Boulet soit pas là pour partager le gâteau. Je l'ai fait pour vous deux, vous soutenez tant la Ligue.

Le regard d'Edgar s'assombrit. Il fait craquer une allumette, la met dans le fourneau de sa pipe.

— C'est un peu triste, de manger du gâteau seul, n'est-ce pas ? soupire Mathilde en se levant pour laver l'assiette et la fourchette.

Edgar observe madame Fontaine, puis jette un œil sur le gâteau. « Ah, elle est habile », se dit-il en se frottant la panse. Madame Fontaine range la vaisselle et recouvre le dessert avec la cloche.

Edgar regarde la télé, un scotch à la main, pendant que Léa dessine. Elle dessine et dessine depuis son dernier cours, elle ne peut pas simplement s'asseoir tranquille ! Il veut regarder la télé en paix. Il se frotte le cou, ses veines bleuissent et gonflent à vue d'œil.

— Tu peux pas arrêter deux minutes ?

Il finit son scotch en soufflant comme un bœuf. Léa trace des lignes, des arabesques... Finalement, Edgar se lève et éteint le téléviseur. Léa ferme son bloc à dessin. Ahuri, son mari monte à leur chambre. Quelques minutes plus tard, Léa le suit, enfile sa jaquette et se glisse sous les couvertures. Alors qu'elle s'endort, Edgar se met à tousser violemment. Elle se retourne pour voir le visage écarlate de son mari, secoué de spasmes.

— Edgar !

Elle bondit du lit et l'aide à se rendre à la salle de bain. Edgar crache du sang et vomit. Léa mouille une débarbouillette et la passe sur son visage. Edgar finit par s'apaiser. Il reprend un peu ses couleurs, retourne au lit et s'endort aussitôt. Léa descend au salon. Elle fait un croquis puis un autre.

Edgar entend le chuintement de l'eau qui déborde.

— Sacrement ! Les patates vont être trop cuites !

Léa arrête de dessiner et accourt à la cuisinière.

— Ah ! T'as mis du noir sur le chaudron. Lave-toi les mains !

— Tu veux que je me lave les mains ou que j'enlève les patates du rond ?

— Je veux que t'arrêtes de dessiner quand t'es supposée de faire le souper.

Léa rince ses doigts noircis par le fusain. Elle finit de préparer le repas et dresse la table.

— Qu'est-ce que ça te donne de dessiner ?

— La satisfaction de créer quelque chose.

— Et moi ? J'ai rien créé, c'est ça ? J'ai travaillé comme un fou toute ma vie pour donner une bonne vie à ma femme et mes enfants. Pis toi à c't'heure, tu veux juste dessiner.

Léa mange sans lever les yeux. Elle sent sur elle le regard insistant de son mari.

— On dirait que j'suis devenu invisible, se plaint-il.

Léa se lève d'un coup et ramasse la vaisselle. Edgar a à peine enfourné sa dernière bouchée qu'elle lui happe son assiette. Elle remplit l'évier d'eau savonneuse et lave tapageusement la vaisselle tandis que son homme se détend, pipe aux lèvres.

— Je sors, il faudra que tu fasses ton propre dîner aujourd'hui.

Edgar n'a pas le temps de protester que Léa est déjà sortie, sac à l'épaule. Il tourne en rond, se demandant ce qu'il va faire pour passer le temps. Bah, aussi bien de mettre de l'ordre dans le grenier.

Il enfouit les vieux vêtements, les objets cassés ou qui ne servent plus, dans des sacs à ordures et range quelques affaires dans des caisses. Quelques heures plus tard, les poings sur les hanches, il regarde autour de lui, satisfait. Bien que fatigué, il s'attaque aux boîtes. Dans l'une d'elles, il retrouve les lettres que Léa et lui avaient échangées quand il lui faisait la cour. « Ce chapitre est terminé », pense-t-il avec tristesse. Il referme la boîte et la place sur une étagère où il remarque une grande boîte blanche. Il la descend et l'ouvre. Le contenu l'ébahit. Pris par l'émotion, il se met à tousser de façon incontrôlée, des frissons déferlent sur son corps.

Au même instant, on sonne à la porte. Il remet la boîte à sa place. On sonne encore. Edgar descend lentement et lorsqu'il ouvre la porte, Mathilde Fontaine a sous les yeux un homme blême et en sueur. Elle pose, sur le guéridon, l'assiette de biscuits qu'elle a apportée et aide monsieur Boulet à se rendre au salon.

— Vous êtes malade ?

Elle n'attend pas la réponse. Elle se précipite à la cuisine et revient avec un linge à vaisselle mouillé qu'elle passe sur le cou de l'homme.

— On dirait que votre femme est jamais là quand vous en avez besoin, vocifère-t-elle.

— J'suis malade, pas sourd, dit Edgar, la voix éraillée. Est partie ce matin, j'sais pas où.

— Cette femme a pas de conscience. Laisser son mari grippé à la maison pour aller dessiner au parc. Mmfff !

— Dessiner au parc ?

Edgar lève des yeux ternes. Il respire comme un asthmatique et madame Fontaine lui frotte le dos.

— Elle vous l'a pas dit ? Je l'ai vue en m'en venant chez vous. Je voulais pas vous le dire, j'ai pas le cœur pour ce genre de chose.

Edgar est tiraillé entre sa colère contre la commère et sa profonde déception envers sa femme.

— Je vois que vous avez apporté des biscuits, dit Léa, l'assiette à la main.

Mathilde et Edgar sursautent, ils ne l'ont pas entendue rentrer. Léa lâche l'assiette en voyant la mine de son mari. Madame Fontaine l'attrape de justesse. Elle ramasse les biscuits qui sont tombés sur le sol et va à la cuisine les jeter à la poubelle en ronchonnant : « Madame arrive juste à temps pour jouer la bonne épouse. Quelle hypocrite ! »

Léa examine son mari, qui recommence à tousser et crache du sang.

— J'appelle le docteur.

En se croisant dans le couloir, les deux femmes se lancent des regards acérés. Léa appelle le médecin tandis que Mathilde éponge le front d'Edgar qui s'est allongé sur le canapé.

— Le médecin peut nous voir tout de suite, annonce Léa.

— Si vous aviez été là, votre mari serait pas dans cet état, houspille Mathilde en montrant Edgar du doigt.

— Je suis là maintenant et je l'emmène chez le médecin.

— C'est une bonne chance que je suis arrivée quand je suis arrivée, faut le reconnaître.

Léa blanchit. Elle ne sait pas depuis combien de temps madame Fontaine est là. Les choses auraient pu mal tourner...

— Je l'emmène... murmure-t-elle en aidant Edgar à se relever et enfiler sa veste.

— La place de la femme, c'est à la maison, tonne madame Fontaine.

— Alors rentrez chez vous, réplique Léa sur un ton glacial.

Léa doit soutenir Edgar, il tient à peine sur ses jambes. Mathilde couvre Léa d'un regard de mépris. Elle reprend l'assiette de biscuits et part.

Depuis qu'Edgar a appris qu'il souffre d'un cancer, il ne mentionne plus les cours de dessin de Léa. Et il monte au grenier en son absence pour contempler le contenu de la boîte blanche.

Les feuilles tournoient au vent et la pluie tambourine sur la fenêtre. Léa sirote son café avant de retourner à l'hôpital. Cancer du poumon avancé. Elle prend sa tête dans ses mains : elle aurait dû prêter attention aux symptômes. Elle verse le reste du café dans l'évier, lave sa tasse et part.

Edgar respire difficilement et regarde dans le vague. Léa pose son sac et s'installe sur la chaise à côté du lit. Elle essuie le front moite de son mari, glisse un glaçon dans sa bouche desséchée. Edgar remue les lèvres, veut dire quelque chose, mais n'en a pas la force. Il s'assoupit.

Léa sort un carnet et un crayon. Elle esquisse la main osseuse de son mari.

Quelques heures plus tard, Edgar se réveille et se gratte le menton. On ne l'a pas rasé ce matin. Il regarde fixement son épouse.

— J'ai vu... Je les ai tous vus... souffle-t-il d'une voix grave.

Léa approche sa chaise et se penche sur son mari.

— T'as vu qui ?

Il secoue la tête, les sourcils froncés. Sa respiration est courte. Léa met sa main sur son épaule.

— Te fatigue pas.

— Tes dessins... La boîte blanche...

Léa a un mouvement de recul.

— Mes dessins ?

— Mes mains...

— ...

— Mes pieds, mes jambes, mon dos... Tout mon corps.

— Tout ton corps.

Une larme s'attarde un instant au coin de l'œil du vieil homme avant de glisser dans le creux de sa joue.

CHEZ LUCILLE VERRIER
(DES BLOUSES ET DES FRAISES)

GUILLAUME VERRIER entre dans la cuisine. Pendant que sa femme s'affaire au four, il l'enlace par derrière. Lucille le repousse gentiment, mais il prend d'une main ferme ses fesses charnues en grognant. Elle rit.

Derrière eux, Mathilde Fontaine se racle la gorge. Guillaume se retourne.

— Oups ! J'pensais pas que ta visite était déjà arrivée, hé, hé. J'vais amener Donald faire du toboggan.

— Il fait froid à pierre fendre, le petit va geler, avertit Berthe.

— Y a onze ans, ça forge le caractère, répond Guillaume en se tambourinant la poitrine.

— Mon vieux singe, rigole Lucille.

Guillaume embrasse sa femme sur la bouche et elle fait semblant de vouloir s'en dégager. À leur tour, Gertrude rougit, Berthe et Mathilde font claquer la langue. Guillaume sort.

— Se montrer comme ça devant les autres, beurk, dit Mathilde.

— Je trouve ça beau, murmure Gertrude.

— Pfff, lâche Berthe.

Lucille, gênée, met une tarte aux pommes fraîche sur la table et en sert à ses convives.

— J'en ai une bonne à vous conter, lance-t-elle, les joues encore en feu. La petite St-Vincent...

— Oh, ta tarte est succulente, se réjouit Gertrude.

Berthe pousse un gros soupir. « Cette femme n'a pas le sens de l'étiquette, elle se remplit la bedaine sans jamais penser aux autres », se dit-elle.

— Me semble que la petite St-Vincent a toujours été une fille correcte, dit Mathilde, assise sur le bord de sa chaise.

— Pu maintenant ! Elle a été impolie avec ma fille Bernadette, qui faisait la suppléance un jour, et...

— Est-ce que Bernadette porte toujours ses grosses lunettes épaisses ? interrompt Mathilde en léchant sa fourchette.

— Oui, répond lentement Lucille, surprise par la question.

— Hmm. Aucun de mes enfants porte des lunettes. Ils ont tous la vue claire, révèle Mathilde, le sourire fendu jusqu'aux oreilles.

— C'est quoi le rapport ? beugle Berthe. Est-ce qu'on s'intéresse à la vue des autres ?

— Deux de mes fils portent des lunettes, commente Gertrude.

— Encore des interruptions stupides ! Venons-en aux faits qui nous intéressent !

Gertrude est pantoise. Mathilde serre les lèvres et passe sa main sur la nappe cirée. Lucille reprend son récit.

— Comme je disais, Monique St-Vincent a été impolie avec Bernadette. Mais, c'est pas tout. Ma fille m'a raconté quelque chose de très intéressant...

Gertrude prend une deuxième pointe de tarte. Berthe darde son regard sur elle. « Elle va grossir comme un ballon de plage si elle continue à se gaver de desserts. Remarque qu'elle a besoin d'un peu de chair, elle est maigre comme un piquet. » Berthe s'amuse alors à imaginer Gertrude en ballon qui gonfle, gonfle et monte dans le ciel avant d'éclater...

— Non ! C'est pas vrai ! s'écrie Mathilde.

Berthe dresse les oreilles. Elle a manqué un bout de l'histoire, mais elle a trop honte pour l'avouer.

— Pas croyable ! dit-elle. Répète donc ça pour voir.

— Monique St-Vincent sort avec le petit nègre.

— Non !

— C'est qui, le petit nègre ? demande Gertrude.

— Léon Miller.

— Mais sa mère est blanche, non ?

— Ouais, mais yé plus noir que blanc, c'est certain.

— Ah, le Léon, c'en est un, ça, dit Berthe.

— Un quoi ? demande Gertrude.

Mathilde lève les yeux au ciel.

— Un con, un niaiseux, un moineau, un trou de c...

— On a compris ! intervient Lucille.

Elle promène son regard d'une invitée à l'autre avant de poursuivre son histoire.

— J'ai appris aussi qu'y a eu un party chez lui, y a quelques semaines. Y paraît que...

La porte claque.

— Il fait frette en maudit ! Vous aviez raison, madame Mercier, s'exclame Guillaume. Lucille, tu pourrais nous faire un chocolat chaud ?

Il entraîne Donald au salon.

— J'ai un seul samedi par mois et, encore, j'dois tout faire, ronchonne Lucille.

Elle sert son mari et leur fils, puis revient à la cuisine.

— Bon, de quoi on parlait déjà ?

— Le party chez le petit nègre trou de cul, offre Gertrude.

Scandalisées, les trois autres femmes mangent la tarte en silence.

Des blouses et des fraises*

MA COPINE NATALIE est partie pour aller vivre en Alaska. J'étais très triste parce que je la connaissais depuis l'âge de trois ans et je ne savais pas comment j'allais vivre sans elle. Natalie était là pour toutes les étapes importantes de ma vie jusqu'au début de l'adolescence : la maternelle, mon béguin pour Claude en deuxième année, nos cours de piano, nos premières règles, ma première brassière. Quand mes bourgeons ont commencé à pousser et que je devais les retenir dans un *sac à jos*, comme l'appelait mon grand frère nunuche, ma meilleure amie est partie pour le Grand Nord. Elle avait peur de commencer une nouvelle vie, moi j'avais peur que la mienne s'arrête.

Un an plus tard, j'ai rencontré Marielle. Pétillante comme un grand verre de Coke, elle avait un beau sourire, des yeux intelligents. J'étais timide, je l'admirais de loin. Un jour, elle m'a vue, elle m'a souri et elle est venue vers moi. Elle s'est présentée en m'annonçant : « Je sens qu'on va devenir de très bonnes amies. » Je la connaissais à peine, mais je la croyais déjà sur parole.

Deux ans plus tard, ses parents ont eu la très mauvaise idée de l'envoyer à une école pour filles. Même si moi et Marielle, on avait la bonne intention de rester amies, on a fini par s'oublier l'une l'autre. J'étais de nouveau seule.

---

* Cette nouvelle a été publiée dans la revue *Virages*, n° 59, sous une forme légèrement différente.

Peu de temps après, j'ai fait la connaissance de Brigitte et elle est maintenant ma nouvelle amie. Pourtant, Brigitte n'était pas toujours gentille envers moi, elle se moquait de mes vêtements un peu démodés – avant ça, je ne savais pas qu'ils étaient démodés – et elle me trouvait un peu moche parce que je ne me maquillais pas. Alors, j'ai commencé à me maquiller parce que les filles qui se maquillent attirent les garçons. Brigitte me disait que je me maquillais mal, mais quand je lui demandais des conseils, elle m'ignorait. J'ai donc arrêté de me maquiller et j'en suis bien moins stressée !

Une nouvelle année scolaire. Le soleil et la nature ont fait leur travail pendant l'été et mes bourgeons sont devenus de véritables boules ! Je dois même m'acheter un nouveau *sac à jos*. D'ailleurs, mon frère ne l'appelle plus ainsi. En fait, il ne dit plus rien ; quand je passe devant lui, il quitte la pièce ou il rougit.

Léon Miller, un des garçons qui m'intéressent, m'a remarquée cette année. Il a de beaux yeux sombres, les cheveux noirs bouclés, la peau brune. C'est le seul du quartier comme ça. C'est un rebelle, il dit des choses comme « *Cool your jets* » et il joue de la basse dans un groupe. Ses amis sont *in*. Ils sont même un peu *wild*. Des fois quand Léon passe à côté de moi, il me frôle le bras. Je deviens toute molle en dedans et j'ai même des picotements dans le bas-ventre. Je veux le toucher et j'ai peur en même temps.

Brigitte voit bien le courant qui passe entre lui et moi. Un jour, avant le rassemblement dans la salle polyvalente, au moment où Léon s'approche de moi, Brigitte se plante entre nous. Elle met ses mains sur ses épaules et le pousse contre le mur. Je la vois de dos, alors je peux seulement imaginer les yeux de tentatrice qu'elle lui fait. Mais je vois les yeux de Léon qui, eux, ne me voient plus, je suis complètement invisible, son regard rempli de désir est braqué sur cette truie qui est censée être ma meilleure amie. Je me fige, je ne veux certainement pas montrer ma peine. Brigitte plaque son corps contre celui de Léon... Aaarg, je ne peux plus les regarder.

Je m'installe à côté d'une fille que je ne connais pas. J'écoute la présentation ennuyeuse du directeur pendant que ma voisine suçote ses dents. La colère bouillonne en moi. J'ai quinze ans et je suis tannée d'être sans *boyfriend*. Je n'ai même jamais embrassé un gars ! Brigitte a déjà eu sa juste part, je ne lui laisserai pas Léon en plus ! La fille à côté de moi se cure les ongles à l'aide du capuchon de son Bic, ça me lève le cœur. Je détourne le regard puis, à ma gauche, à deux rangées de moi, je vois Brigitte assise à côté de Léon. Ils sont épaule contre épaule ! Je voudrais hurler : « Salope ! », mais je ravale ma rage. J'ai mal à la tête, j'ai envie de pleurer. Maintenant, la fille à côté de moi se gratte le nez ! Je n'en peux plus, je me lève, mais pour aller où ? La salle est bondée.

Mademoiselle Verrier, la suppléante aux grosses lunettes, me chuchote l'ordre de me rasseoir. Je lui dis, en chuchotant, que je dois aller aux toilettes ; elle me dit que ça peut attendre, je lui dis que non, au contraire, ça urge ; elle insiste pour que j'attende la fin de cette présentation importante, alors je fais quelque chose que je n'aurais pas osé faire quinze minutes plus tôt : je sors une pièce de dix cents de mon sac à main et la brandis devant la suppléante. Je dis, insolente : « J'ai mes règles, faut que j'aille aux toilettes ! ». Elle me défie du regard, puis me laisse passer. Dans les toilettes, je fonds en larmes.

Quelques jours plus tard, je fais mes devoirs à la bibliothèque quand je vois venir Léon. Je suis tellement surprise que j'oublie de sourire. (Ce n'est pas tout à fait le genre rat de bibliothèque.) Il me regarde droit dans les yeux et, pendant un bref moment, ses yeux tombent sur mes seins. Il relève presque aussitôt le regard. Presque. C'est que j'ai les plus gros seins de toutes les filles cette année. L'année dernière, je trouvais que les garçons étaient stupides de tant s'intéresser aux seins des filles, mais, cette année je suis bien contente d'en avoir ! Léon m'invite à un party chez lui vendredi soir. Son groupe va jouer de la musique, ça va être le *fun*. Nerveuse, je lui pose la question la plus tata qui soit : « Tes parents vont-y être là ? » Il sourit et dit : « Oui ». J'ai chaud. Il me donne son adresse et part. Je suis si excitée ! Je vais à la recherche de Brigitte. Il faut absolument que je lui raconte tout, que je la voie rongée de jalousie au point de vouloir me tuer, que je la voie se tortiller, se fâcher, ou encore pleurer parce qu'elle perd cette bataille. Elle monte l'escalier au moment où je le descends. Je l'appelle, elle s'arrête sur la marche inférieure. Ma poitrine est juste à la hauteur de ses yeux. Je lui annonce la bonne nouvelle. Elle marmonne : « *Bitch !* ». Je lui donne un sourire pincé, je suis fière. Elle monte au cours. Je vais au lieu à la cafétéria où je demande ma première cigarette à une des filles *cool*. Je fume mal, je m'étouffe, les filles rient, je vais au cours... Je balbutie une piètre excuse pour mon retard, l'enseignant me poignarde de ses yeux, je m'assois et c'est au tour de Brigitte de me faire un sourire fendant.

Vendredi, je mens à mes parents, je leur dis que je passe la soirée chez Brigitte. Ils ne voudraient pas que je m'associe à la famille de nègres : « Ils sont pas comme nous ! ».

Chez Léon, ses parents sont en haut, ils se fichent complètement de notre présence. Une dizaine d'ados se trouvent au sous-sol. Quatre gars, dont Léon à la basse, jouent une musique indéfinissable. Je ne sais pas trop où me placer, alors je me cale dans un fauteuil moelleux. Je tiens mon sac à main près de mon corps comme une ancre. Une fille que j'ai déjà vue à l'école, mais que je ne connais pas, m'offre une cigarette Matinée. Je l'accepte à contrecœur. Je la fume mieux que celle que j'ai eue dans la cafétéria et je commence à prendre goût à la saveur âcre du tabac. La fille me parle un peu : elle s'appelle Jacqueline, elle est assez gentille. Je suis sur le point d'écraser la cigarette quand je vois entrer Brigitte. Qu'est-ce qu'elle fait là ? J'ai la nausée. Je tourne le regard vers Léon pour voir laquelle de nous deux il remarque... Ni l'une ni l'autre. Il a la tête penchée sur sa basse, il est trop dans la musique pour voir autre chose. Puis, la musique s'arrête et Brigitte fonce sur Léon comme une abeille sur une fleur. Je me lève, mets ma poitrine en avant et je fonce moi aussi. Léon ne voit que moi. Il passe à côté de Brigitte, la remarquant à peine. Elle me darde des yeux, je souris. Je m'assois entre Léon et Jacqueline, qui m'offre une autre cigarette. Je pense que je n'aime pas trop fumer, mais je le fais quand même. Brigitte chuchote dans le coin avec d'autres filles, l'air un peu fâché.

Léon me prépare un *milkshake* aux fraises que j'accepte avec beaucoup d'enthousiasme même si je n'aime pas les fraises. Brigitte me croise, m'accroche le bras d'une façon très peu naturelle et mon *milkshake* finit sur ma blouse, dans ma blouse, entre mes seins ! Je suis pétrifiée.

— Oh, dit la Brigitte malicieuse, faudrait que t'ailles à maison te changer !

Les filles avec qui elle parlait tout à l'heure ricanent. Léon dit que je ne suis pas obligée de partir, sa sœur a sûrement une blouse qui me fera. À mon tour de rire, ce que je fais à l'intérieur, car je ne suis pas du genre à me vanter. Brigitte est rouge de colère.

Léon m'emmène à la chambre de sa sœur à l'étage. Sa sœur passe la nuit chez une amie et ses parents sont déjà couchés. Léon va me chercher une serviette, rentre dans la chambre et

47

ferme la porte derrière lui. Mon ventre est brouillé, je suis contente d'être là, seule avec lui, mais j'ai aussi un peu peur. Il sort une blouse de la garde-robe et me la tend. Je ne sais pas quoi faire, je veux me cacher pour me changer, mais je n'ose pas lui demander de sortir.

Il me sourit et commence à m'essuyer la poitrine. Il me touche. Je ne sais pas si j'aime ça, mais, je veux qu'il m'aime, je ne veux pas qu'il me trouve niaiseuse. Il m'approche et colle ses lèvres sur les miennes. C'est la première fois que j'embrasse un gars. Il pousse sa langue entre mes dents, j'ouvre la bouche, je n'ai aucune idée comment faire. Il fouille ma bouche de sa langue, je commence à tourner ma langue ici et là dans sa bouche à lui. Léon goûte les fraises et je n'aime pas les fraises, alors je m'arrête. Il a l'air perplexe et semble croire que j'ai envie qu'il me tâte les seins. Après tout ils sont gros. Il déboutonne ma blouse et dégrafe ma brassière. Mes seins sont un peu collants de *milkshake*. Les choses se passent très vite, même si le temps semble s'immobiliser. Une partie de moi espère que quelqu'un va entrer dans la chambre et une autre partie ne veut pas qu'on me voie les seins nus. La prochaine chose que je sais, on est dans le lit, sous les couvertures. Des attouchements maladroits, une pénétration qui ne dure pas longtemps. Puis on se rhabille, muets et mal à l'aise. Je quitte la maison, la blouse de sa sœur sur le dos. Les parents de Léon ne semblent avoir rien remarqué...

Plusieurs semaines après l'incident, je suis chez le médecin. Il me demande ce qui ne va pas. Je fonds en larmes et lui réponds que je n'ai pas eu mes règles. Il me dit qu'on va voir ça...

Le bébé est prévu pour la fin juin. Mes parents ont terriblement honte. Brigitte ne me parle plus.

Léon est encore sous le choc.

Chez Gertrude Lebrun
(Le cœur noir d'Alice)

GERTRUDE se peigne les cheveux en se demandant où Normand a passé la nuit. Depuis que leurs quatre enfants ont quitté la maison, il découche plus souvent. Elle laisse échapper un soupir.

On sonne à la porte. Gertrude accourt pour laisser entrer ses amies. Les femmes enlèvent bottes et manteaux, puis se rendent à la cuisine.

— Yé où, ton mari? demande Berthe. J'pense qu'on l'a jamais rencontré.

Gertrude balbutie quelque chose en tournant le dos. Elle apporte une assiette de sucre à la crème et retourne chercher la cafetière. Elle sautille comme un lapin nerveux et les trois convives échangent un regard entendu : « Il faudra qu'on s'en parle ». L'hôtesse sert le café. Berthe enfourne un gros cube sucré qu'elle fait rouler sur sa langue avant de l'avaler. C'est exquis, mais elle se garde bien de complimenter la maigrichonne.

— C'est du velours, ton sucre à la crème! s'exclame Mathilde.

Berthe roule les yeux.

— Eille, avez-vous appris la nouvelle? continue Mathilde. Edgar Boulet est mort hier. Avant les Fêtes! Je vous l'avais bien dit, hein?

— Et madame Boulet ? marmonne Gertrude.

— Elle va continuer à dessiner avec la madame Champagne, j'suppose, se moque Berthe.

Mathilde et Lucille rient. Gertrude prend un gros morceau de sucre à la crème.

— Alors, y s'est passé quelque chose cette semaine ? demande Mathilde.

Gertrude, surprise par le changement brusque de propos, s'étouffe presque avant de répondre à son amie.

— La petite Delorme... vous voyez de qui j'parle ?

— Celle avec les cheveux rouges ?

— Celle qui dit pas grand-chose ?

— Celle qui ressemble pas du tout à ses frères et sœurs ?

— Oui. Alice Delorme, répond Gertrude.

Elle tourne un œil distrait vers sa montre.

— Puis ? s'impatiente Berthe.

— Elle a fait quelque chose de grave l'autre jour... Y a fallu que monsieur Piché appelle la mère.

— Elle fait toujours quelque chose d'étrange. Elle joue pas comme les autres. Toujours avec des crayons de couleur et du papier, dit Mathilde en retroussant la lèvre supérieure.

— Elle est pas normale, cette petite. Je l'ai vue une fois, était assise toute seule sur son perron à regarder dans le vide. Est un peu pas toute là, renchérit Lucille en tournant l'index au niveau de la tempe.

— Pour moi, est possédée du démon ! Et la mère Delorme devrait l'amener voir l'abbé Larouche, tranche Berthe.

Les trois autres hochent la tête. Gertrude lance encore un œil sur sa montre.

— En tout cas, madame Delorme est venue chercher sa petite. Elle avait pas l'air très soignée, on aurait dit qu'elle venait de sortir du lit.

— C'est pas une mère très fière. C'est pour ça que sa fille est un peu folle, juge Mathilde.

— Mademoiselle Desmarais, son enseignante, est arrivée au bureau en criant que la petite...

La porte s'ouvre. Gertrude bondit de sa chaise, tourne sa tête dans un sens puis dans l'autre comme une girouette aux prises avec des bourrasques. Ses amies la regardent, éberluées. Un grand homme mince et musclé entre dans la cuisine. Les cheveux en bataille, les yeux cernés, il a l'air fatigué et badin en même temps.

— Qui c'est que c'est, ça ? demande-t-il en montrant les trois femmes du doigt.

D'une voix tremblante, Gertrude présente son mari.

— Je monte me coucher, grommelle-t-il.

Berthe lance un œil furtif à Mathilde et Lucille. Puis elle prend un gros morceau de sucre à la crème et s'en délecte.

Le cœur noir d'Alice

ÉLIANE DELORME tourne vigoureusement le lait en poudre dans le pichet rempli d'eau. À chaque rotation, la cuillère de bois cogne d'un son mat contre la paroi du récipient en plastique pendant que la mère brasse, brasse, brasse. Quand le mélange prend, elle tape la cuillère contre le bord du pichet, trois, quatre fois pour enlever les résidus. Éliane enlève un grumeau qui adhère à la pelle de la cuillère et se rince les mains sous le robinet. « Les enfants videront sans doute le pichet au déjeuner, comme à chaque matin », se dit-elle.

Une cacophonie envahit la cuisine.

— Ôte-toi du chemin, gémit Rénald en se coltaillant avec Albert.

— C'est ma brosse à cheveux ! chiale Lucette.

— Non, c'est la mienne ! rétorque Marie-Anne.

— T'es donc laide, lance Jacob.

— J'aime mieux être laide que d'être stupide, riposte Gilberte.

Éliane secoue la tête, mais ne prend plus la peine de se mêler aux grabuges matinaux.

Alice, la petite dernière, est silencieuse comme toujours. Ses cheveux roux en broussaille, impossibles à peigner, et ses yeux bleu délavé la démarquent de ses frères et sœurs. À l'âge de huit ans, elle est d'un sérieux déboussolant. Éliane se fait du mauvais sang pour la petite depuis longtemps. Elle ne la comprend tout simplement pas : Alice ne joue pas comme les autres, elle s'isole pour dessiner ou coudre des vêtements pour les poupées de Gilberte, elle sourit peu, observe beaucoup et perce les gens de son regard inquisiteur.

Les cris des jeunes arrachent Éliane à ses pensées. « Gérard, j't'aime ben gros, mais tu m'en as fait des enfants, marmonnet-elle. Deux ou trois m'auraient suffi, mais là, c'est toute une gang ! »

Sept enfants, à peine de répit entre les grossesses. Trop de bruit. Trop de nourriture à préparer. Trop de linge à laver. Trop de ménage à faire. Trop, trop, trop...

À trente-quatre ans, Éliane a déjà l'air usée. Elle a les mains gercées à force de laver la vaisselle ; ses cheveux sont ternes, elle n'a plus le temps de les soigner ; ses hanches sont devenues bien trop larges après tous ces accouchements ; ses seins pendent pour avoir nourri tous ces bébés gourmands ; elle a les ongles déchiquetés ; elle a même perdu le goût de se maquiller. La marmaille prend toute la place.

Les enfants raclent leurs chaises contre le sol et s'installent autour de la table. Un bol de Puffed Wheat et de lait en poudre pour chacun et hop ! le pichet est vide, comme prévu. On rit, on crie, on se lance des piques. Sauf la petite Alice. Maussade depuis la naissance. « Alice est déjà dans une vieille peau », pense Éliane.

Le déjeuner terminé, les enfants s'emmitouflent pour faire face au froid mordant de décembre. Ils partent pour l'école. Les garçons dans un peloton d'un côté de la rue, les filles dans une grappe de l'autre côté. Et la petite Alice, qui traîne la patte.

Éliane débarrasse la table et réfléchit à sa vie en lavant la vaisselle. Si elle avait pu éviter de tomber enceinte après Gilberte, Alice ne serait pas née, mais non, elle était aussi fertile qu'un champ bien irrigué. Éliane se reproche immédiatement cette pensée. Elle aime Alice autant que les autres, bien sûr, mais elle s'inquiète.

Éliane a déjà entendu les commères de la rue des Ormes dire d'Alice qu'elle n'était pas normale. Les vaches, qu'elles se mêlent de leurs affaires ! Elle s'ébroue, fait s'entrechoquer deux bols et envoie s'envoler de la mousse sur le rideau diaphane de la fenêtre au-dessus de l'évier. Maudit, encore une affaire à nettoyer ! Éliane a soudainement très chaud, comme chaque fois qu'elle sent monter sa frustration. Elle s'asperge le visage d'eau fraîche. Pas normale... Elle sait bien que sa fille n'est pas normale. Les commères ont même eu l'audace de dire que sa petite était possédée !

Pour oublier ces commentaires malveillants, Éliane se met à laver les planchers. Elle balaie le sol à grands coups de vadrouille énergiques et nonchalants en même temps, manquant ici et là une parcelle. Dans le temps, elle se mettait à quatre pattes et elle frottait chaque pouce carré avec ardeur. Aujourd'hui, ses genoux ne tiennent plus. Éliane prend une courte pause, s'appuie sur le manche de sa vadrouille et essuie la sueur de son front. Elle laisse divaguer son esprit... L'été, la plage, un pique-nique, juste elle et Gérard...

La sonnerie du téléphone la fait sursauter.

— Allo ?

— Ici, monsieur Piché ! jappe l'interlocuteur.

« Oh, non, le directeur de l'école ! »

— Oui, monsieur Piché, répond Éliane d'une voix qu'elle veut légère mais qui donne plutôt l'impression qu'elle a un caillou coincé dans la gorge.

— Votre fille est impossible.

— Elle était dans la lune, encore ?

— Pire, madame. C'est pire que tout ce que vous pouvez imaginer. Madame, votre fille Alice a mordu, oui, je dis bien MORDU, mademoiselle Desmarais. Comme un chien !

Éliane a le vertige.

— Mordu... Comment ça ? Mais, pourquoi ?

— Vous me demandez ça à moi ? Je sais pas, je suis pas sa mère ! Venez la chercher, elle vous attend au bureau.

Il laisse tomber le combiné comme une barre d'acier. Éliane raccroche. Elle veut croire qu'elle fait un cauchemar, mais elle sait que le directeur lui a dit la vérité, même si Alice n'a jamais commis un acte violent.

Elle dénoue son tablier, le lance négligemment sur le tabouret. Elle enfile son manteau et ouvre la porte, hésite, puis la referme plutôt que de sortir. Elle descend au sous-sol, où elle fume en cachette depuis des années, mais seulement quand elle est tendue. Dernièrement, c'est assez souvent... Dans la buanderie, elle tasse la boîte de Tide sur la tablette au-dessus de la machine à laver pour retrouver son paquet de MacDonald's Menthol caché derrière. En l'ouvrant, elle sent l'arôme du tabac frais. Elle prend une cigarette et l'allume. La première bouffée est toujours la plus calmante. Elle laisse traîner la fumée dans ses poumons longtemps avant de l'expulser. Encore une bouffée. Éliane regarde sa montre, l'heure avance. Elle boutonne vite son manteau, elle finira sa cigarette dans la voiture.

Aussitôt qu'elle met les pieds dans l'école, elle entend monsieur Piché réprimander sa petite. Elle avance aussi vite que possible sur ses pieds enflés. Elle a dix fois plus honte quand elle voit madame Gertrude Lebrun, la secrétaire en chef, et son assistante, qui observent ce qui se passe entre le directeur et la fillette. En voyant sa mère, Alice accourt et se blottit contre son ventre mou. Elle recule aussitôt en retroussant le nez. Madame Lebrun et son assistante cessent alors leur conversation. La secrétaire jette un regard hautain sur la mère – manteau élimé, mine fatiguée, peu d'égard pour ses soins personnels... Pas étonnant que la petite soit si étrange.

— J'veux pas la revoir avant demain matin, vocifère le directeur en tournant les talons.

Éliane boutonne le manteau de sa fille et noue son bonnet. Madame Lebrun lui offre un sourire de clown triste et son assistante fait *bye-bye* de la main à Alice. Dès qu'Alice et sa maman quittent l'école, les deux femmes reprennent leurs chuchotements.

Éliane ne dit pas un mot dans la voiture. Le vieux moteur crache de drôles de sons sur une dizaine de mètres avant de produire un rugissement plus régulier.

— Eurk, t'as fumé.

— ...

— Je le sais parce que ça pue dans l'auto, décrète Alice en se pinçant le nez. Ton manteau aussi puait dans l'école.

Éliane se rembrunit et commence à suer. Elle savait qu'Alice serait celle qui sentirait la fumée la première. Et aujourd'hui, en plus !

— Revenons à nos oignons. Pourquoi as-tu mordu mademoiselle Desmarais ? demande-t-elle d'une voix plus pointue qu'elle ne le voudrait.

Alice lâche son nez, contracte sa mâchoire et regarde par la vitre. Le soleil frappe ses cheveux et les fait briller comme des braises ardentes. Angoissée, Éliane tapote affectueusement sa fille sur la cuisse et répète la question, plus doucement cette fois.

— Elle a pas voulu me laisser faire, murmure Alice, la voix affligée.

— Laisser faire quoi ?

— Un cœur pour toi et papa. Pour le sapin de Noël.

Et la petite raconte ce qui s'est passé, les larmes ruisselant sur ses joues.

Mademoiselle Desmarais est une vieille fille costaude. Elle a les cheveux courts et épars, de petits yeux noirs, un gros nez de bouffon et les lèvres épaisses. Ses bras tombent à ses côtés comme des boudins et, selon madame Lebrun, on sent vibrer le sol quand elle passe.

— Ce matin, vous allez choisir une feuille de papier d'une couleur de votre choix pour faire des décorations pour votre papa et votre maman, dit l'institutrice de sa voix de stentor en désignant du doigt les feuilles empilées sur une table à côté de son pupitre.

Comme la petite Alice était encore une fois dans la lune, elle se trouve à la queue de la file. Elle espère qu'il restera une feuille de sa couleur préférée. Anxieuse, elle sort de temps à autre de la rangée bien droite pour voir ce qui reste de papier.

— Rentre dans la file, tête de linotte !

Humiliée, Alice obéit à l'enseignante. Arrivée à la table, elle est contente de voir que personne n'a choisi la feuille qu'elle convoitait. Elle regagne vite sa place, pressée de commencer son œuvre.

Sa petite langue appuyée sur la commissure de ses lèvres, elle découpe attentivement un cœur. Mademoiselle Desmarais passe entre les élèves, elle surveille. Alice dépose doucement le cœur de sa maman sur son pupitre et elle reprend la feuille. L'institutrice circule, puis s'arrête juste derrière Alice. La petite sent l'haleine forte de mademoiselle sur son cou gracile. Elle commence à découper un cœur pour son papa, lentement, moins sûre d'elle.

Mademoiselle Desmarais prend le cœur de la maman d'Alice et, sans avertissement, et sans merci, le froisse dans sa grosse main. C'est plus fort qu'elle, Alice bondit sur les pieds en criant.

— Redonne-moi le cœur de maman !

— T'es pas normale, profère l'institutrice d'une voix de tonnerre. On fait pas des cœurs de papier noir. Noir c'est la couleur de la mort !

Tous les enfants cessent de découper leurs décorations, ils fixent la scène en silence.

— Mais le noir, c'est ma couleur préférée, rétorque Alice. S'il fallait pas le choisir, pourquoi le mettre dans la pile de papier ?

— Petite idiote.

Et mademoiselle Desmarais prend, entre son index et son pouce énormes, la jeune chair du bras d'Alice qu'elle pince en tordant. Plus Alice crie, plus mademoiselle tord la peau. Alors Alice se tait, mais elle fait ensuite l'impensable. Elle ouvre grande la bouche et tenaille le poignet de l'institutrice entre ses dents.

— Démone ! Démone ! hurle mademoiselle Desmarais.

Alice se frotte le bras à l'endroit où mademoiselle Desmarais l'a pincée. Éliane a le cœur brisé en mille morceaux. Elle sait bien que sa fille n'aurait pas dû mordre l'institutrice, mais elle sait aussi que mademoiselle Desmarais n'aurait pas dû mettre du papier noir à la disposition des jeunes, en particulier de sa petite Alice. Mais pourquoi est-ce que le noir est la couleur préférée d'une petite fille ? Éliane recommence à avoir chaud en pensant à sa fille pas normale. Ses autres enfants sont passés aussi chez mademoiselle Desmarais et il n'y a jamais eu de problème : eux, ils savaient quelle couleur de papier choisir pour faire un cœur.

— Pourquoi as-tu choisi de faire un cœur noir ? demande la maman d'une voix étranglée.

Alice essuie ses larmes, renifle bruyamment et se tourne de nouveau vers la vitre. Elle ne répond pas à sa mère, elle ne comprend pas la question.

CHEZ BERTHE MERCIER
(LE VIEUX BEAULIEU)

— Qu'est-ce que vous avez pensé du mari de Gertrude?

— Pour commencer, y était pas poli.

— Et on le voit jamais à la messe.

— Non, et j'voudrais pas me trouver seule avec lui, j'suis sûre qu'y me tripoterait, ajoute Lucille, les mains sur sa taille svelte.

Mathilde toise furtivement son amie d'enfance. « Est-ce qu'elle vraiment que le mari de Gertrude se mettrait à courir après elle ? Elle pense que tous les hommes veulent d'elle ! Ça lui a pas suffi de captiver Guillaume il y a plus de trente ans, d'une manière enjôleuse, en plus ? J'étais à deux doigts de le charmer avant que... »

— Pourquoi est-ce que Gertrude était si nerveuse ? demande Lucille.

— C'est évident que son mari avait passé la nuit ailleurs, dit Berthe en appuyant sur le dernier mot. Pour moi, elle a pas fait son devoir de femme et lui est allé se trouver une fouine.

— Mais, y a une limite à ce que les femmes doivent endurer ! rétorque Mathilde. Elle était peut-être nerveuse parce qu'elle nous recevait pour la première fois.

Lucille secoue la tête. « C'est Mathilde qui a recruté Gertrude, elle veut maintenant sauver la face », se dit-elle. Berthe ouvre la bouche pour dire quelque chose, mais la sonnette interrompt son élan. La nouvelle arrivée, Gertrude, suit l'hôtesse et entre dans la cuisine. Elle voit que ses amies boivent déjà du café.

— Euh... Sont arrivées y a à peine cinq minutes, ment Berthe.

Mais Gertrude voit bien que Lucille et Mathilde n'ont plus les joues rougies par le froid et que la cafetière est seulement aux trois quarts pleine. Elle plonge dans le sujet pour oublier son malaise.

— Puis, comment a été le ménage chez monsieur Beaulieu?

Berthe tourne au vermeil et passe sa main sur son visage. Elle semble soudainement très fatiguée. Elle mord dans un des biscuits aux pépites de chocolat que son Maurice a confectionnés le matin même.

— Par quel bout commencer...

— Je gagerais que sa maison est une vraie soue à cochon, hein, offre Lucille.

— Oui, tonne Berthe en abattant son poing sur la table. Et yé soulon de première classe, itou!

Elle se met à gratouiller une tache imaginaire sur sa nappe brodée. Elle renifle et se lève pour se moucher. Maurice entre alors dans la cuisine, se verse un café, tapote sa mère sur l'épaule et repart sans dire un mot aux dames. Berthe pousse un gros soupir et retourne à la table.

— Il sentait fort la boisson.

— Maurice? J'ai rien remarqué, dit Gertrude.

— Non! Le vieux Beaulieu! T'écoutes donc jamais? brame Berthe.

Gertrude prend une petite bouchée de son biscuit et, bien qu'il soit délicieux et moelleux, elle ne fait pas de compliment à l'hôtesse.

— Et la crasse dans cette maison! poursuit Berthe. J'ai passé toute l'après-midi à frotter et ça a pas fait de différence.

Elle devient silencieuse. Elle prend une gorgée de café et fixe un point invisible.

— Mon mari était un homme honorable. Quand yé mort, j'pensais jamais m'en remettre. J'avais déjà perdu les deux petits, ça m'avait presque achevée.

— Est-ce que c'est un anniversaire, aujourd'hui ? demande Mathilde.

— Hein ? Ah, non, c'est juste que ce vieux verrat de Beaulieu...

Berthe engloutit un biscuit sans le mâcher et les trois autres commères la dévisagent. Lucille et Mathilde prennent chacune un autre biscuit. Gertrude repousse son assiette.

— Il s'est passé quelque chose chez le vieux Beaulieu ? demande-t-elle d'une voix égale.

Déroutée, Berthe la regarde dans les yeux.

LE VIEUX BEAULIEU

À LA FIN DE LA MESSE, l'abbé Larouche serre la main aux paroissiens en leur souhaitant un bon dimanche. Il bavarde avec un ou deux d'entre eux en essayant d'ignorer les borborygmes de son ventre. Fonce alors sur lui un essaim de bonnes femmes. Le prêtre sourit en tendant une main crispée.

— Mesdames.

— Monsieur le curé, votre sermon a été for-mi-da-ble, assure madame Beaudry, la présidente de la Ligue des femmes catholiques, appuyée par les pépiements de sa troupe.

Berthe Mercier joue des coudes pour s'emparer de la soutane du saint homme.

— Je dirai mieux, l'abbé Larouche. C'était votre MEILLEUR sermon, lance-t-elle en décochant un regard oblique à madame Beaudry.

L'attroupement se serre autour du prêtre qui cherche à s'en dégager de peine et de misère. Il consulte sa montre. Midi moins dix, son ventre se lamente. Les pies de la Ligue jacassent toutes en même temps, alors l'abbé Larouche lance un « Que le Seigneur soit avec vous ! » et se fraye un chemin parmi elles.

Tout à coup, les femmes se taisent et le curé s'immobilise. Baptiste Beaulieu s'approche en raclant le sol de ses vieilles chaussures. Sa chemise est maculée, il flotte dans son pantalon, ses bretelles sont effilochées et sa barbe aux poils rêches, mal soignée. Plus il se rapproche, plus l'odeur avinée prend à la gorge.

— Monsieur le curé, dit-il d'une voix étonnamment suave, je pourrais vous parler ?

65

L'odeur écœurante coupe momentanément l'appétit du curé. Ce dernier tourne un regard implorant vers les femmes tout en les chassant d'un geste. Elles boutonnent leurs manteaux d'hiver et sortent. L'abbé Larouche ferme la porte sur le vent glacial de janvier. Il se retourne vers monsieur Beaulieu et l'interroge des yeux.

— J'ai des gros problèmes de dos, commence le vieillard en se frottant les reins. La douleur m'empêche de bien marcher... sans parler des corvées ménagères.

— Mouais, cela doit être très pénible.

— Oui, oui, très pénible. Y aurait-il moyen d'envoyer une femme chez moi pour faire le ménage? Y a pas grand-chose à faire, s'empresse-t-il d'ajouter en voyant monsieur le curé lever les sourcils.

— Mmm, j'en parlerai avec madame Beaudry avant la prochaine réunion de la Ligue des femmes catholiques. Malheureusement, je suis un peu pressé, j'ai un rendez-vous à midi pile, dit-il en tapotant sa montre.

« Après tout, il ne faudrait pas que le dîner refroidisse... » L'abbé Larouche, quoique dédaigneux, aide monsieur Beaulieu à enfiler son manteau.

Baptiste Beaulieu n'arrive pas à glisser la clé dans la serrure, sa main tremble trop. La tête enfoncée jusqu'aux épaules pour se protéger tant bien que mal contre le froid, il réussit enfin à ouvrir la porte. Il tape des pieds afin de secouer la neige de ses semelles, enlève ses chaussures. Il jette négligemment son manteau sur la rampe de l'escalier et se rend au salon. Il ôte les planches de bois, le marteau, les clous et la scie du canapé, hésite quelques instants et se résout à les poser sur le plancher puisque la table basse est tapissée de journaux. Il s'étend et se met sitôt à ronfler.

Le mercredi soir suivant, la Ligue des femmes catholiques tient sa réunion hebdomadaire dans le sous-sol de l'église. Madame Beaudry, le menton haut, les épaules carrées, annonce :

— Monsieur le curé m'a téléphoné pour me demander si une femme pouvait aller faire un léger ménage chez monsieur Beaulieu.

Grognement collectif.

— C'est pas un homme bien propre, je peux imaginer l'état de sa maison.

— Ouais, en plus, yé pas toute là.

— Non, c'est pas lui qui a inventé le bouton à quatre trous.

— Qu'il soit niaiseux, ça passe encore, mais sa saleté !

— Ouain, y a rien de pire que ça !

— Mesdames ! Une des raisons d'être de la Ligue est la charité, tempête madame Beaudry. Y a-t-il une bénévole ?

— Allez-y vous si ça vous chante, marmonne madame St-Vincent, ce qui provoque des rires.

— J'irais bien, mais, malheureusement, mon assiette est pleine, hésite la présidente en gigotant sur sa chaise.

Le regard de Berthe Mercier erre d'une femme à l'autre. Lesquelles d'entre elles poseront leur candidature à la présidence pour déloger madame Beaudry au mois de mai ? Et, comme personne ne se propose d'aller chez monsieur Beaulieu, Berthe lève haut la main.

— Baptiste Beaulieu a besoin d'aide, je ferai mon devoir de chrétienne.

Soupir de soulagement collectif.

— Merci, madame Mercier, dit madame Beaudry. Passons au prochain point à l'ordre du jour : la famine au Biafra.

Baptiste Beaulieu ouvre l'armoire de cuisine, il ne reste plus de verres propres. Il farfouille dans l'évier, en trouve un sale, le

67

rince sous le robinet et le remplit de gin. Il se roule une cigarette, l'allume, prend une bouffée et recrache deux ou trois brins de tabac. Puis, il descend une bonne rasade de gin, passe sa manche sur sa bouche. Il tire sur sa cigarette et tourne un œil vers l'horloge murale recouverte de poussière. Il se souvient que c'est madame Mercier qui vient et ça lui donne une idée...

Il fume en silence, puis écrase sa cigarette dans le cendrier gorgé de mégots. Il emporte le poivrier et son verre au salon. La surface de la table d'accoudoir est singulièrement nette, il y trône seulement une photo en noir et blanc d'une jeune femme au teint blafard. Il s'enfonce dans le canapé, prend la photo entre ses doigts et trinque le verre contre le cadre.

Berthe Mercier tire sur sa tuque rouge à pompon et s'engonce dans son col de fourrure. Il fallait que monsieur Beaulieu demande de l'aide au mois de janvier ! Vieux snoreau ! Et elle pousse un juron en marchant dans l'amas de neige jusqu'au perron. « Espèce de cruche, pourquoi t'as accepté une tâche aussi ingrate ?! » Elle éponge la sueur de son front et sonne à la porte. Le bonhomme ouvre, un sourire chaleureux aux lèvres.

— Vous auriez pu déblayer !

Baptiste fait des yeux de chien abattu et se frotte les lombes. Berthe fronce le nez, il pue l'alcool. Elle balaie les lieux du regard et reste bouche bée devant l'étendue du *léger* ménage. « La charité, une des raisons de faire partie de la Ligue... » Elle enlève sa tuque et son manteau, les dépose sur le tabouret avec tous les soins possibles, puis elle retire ses bottes et chausse des pantoufles, qu'elle jettera aussitôt rentrée, se jure-t-elle. Monsieur Beaulieu l'invite à le suivre dans la cuisine.

— Un thé, un café ?

Berthe voudrait accepter un café, mais... l'évier est plein de vaisselle, la table, parsemée de miettes et le cendrier, rempli à ras bord ! Elle refuse l'offre. Elle enfile ses gants de caoutchouc en les faisant claquer et commence à frotter la table. Baptiste l'observe, l'œil mouillé.

— Vous êtes plus ronde quand on vous voit de près.

— En voilà des manières !

Monsieur Beaulieu se rembrunit et quitte la pièce. Berthe remplit l'évier d'eau savonneuse. Le bonhomme revient, les bras chargés, et s'installe à la table. Il commence à planter des clous dans une fine planchette.

— Vous allez construire quelque chose ici, dans la cuisine ?!

— Oui, pourquoi pas ?

— J'nettoie, bonyeu de Sorel !

— J'vous dérangerai pas.

Elle lui tourne le dos en grognant et continue à laver la vaisselle.

— Qu'est-ce que vous construisez ? demande-t-elle en rangeant le dernier verre.

— Une mangeoire pour les moineaux.

— Oh, mon mari en faisait aussi de son vivant.

Berthe récure le comptoir, Baptiste se rince l'œil en admirant ses rondeurs. Il entend alors un tic tac familier. Il lève les yeux : la trotteuse avance inexorablement.

— L'hor !... Vous... mon horloge !

— Eh oui, fallait tout simplement l'épousseter, la brancher et la régler à la bonne heure, annonce Berthe Mercier, toute fière.

— Mais y fallait pas ! Y fallait pas !

Le vieux Beaulieu arrache le fil du mur, la trotteuse cesse sa course. Il remet la petite aiguille au un, la grande au trois, et il sort de la cuisine, laissant madame Mercier pantoise.

Alors qu'elle en est à laver le plancher, elle entend un éternuement, suivi de reniflements. Elle essore la vadrouille, tend l'oreille. Elle gagne le salon et voit le bonhomme qui pleure, la photo d'une jeune femme entre les mains.

— C'est qui ?

— M-M-Ma fille.

Le vieux Beaulieu essuie la morve avec son avant-bras. Madame Mercier lui tend un mouchoir, il se mouche et redonne le carré de tissu à Berthe qui le refuse en écartant les bras.

— Elle est morte de la tuberculose, y a vingt ans, gémit le vieillard.

La gorge nouée, Berthe ressent de nouveau le cruel chagrin causé par la perte d'un enfant ou, dans son cas, de deux enfants.

— Et, elle est morte un après-midi, à une heure et quart ?

— Oui. La pire journée de ma vie.

— Et votre femme ? demande-t-elle, balayant la pièce du regard, choquée de voir tous les journaux, les outils, les bibelots, le poivrier...

— Partie, peu après. C'est rare, une femme qui quitte sa famille, hein ?

Berthe se balance sur ses talons. Elle se pétrit les mains, bredouille une formule d'usage et disparaît. De retour dans la cuisine, elle range la vadrouille et le seau en s'essuyant les yeux.

Soudain, un fracas de verre.

— Ayoye !

Berthe retourne au salon.

— Qu'est-ce qu'y a, à c't'heure ?

— J'ai échappé la photo et j'ai voulu ramasser les morceaux, explique-t-il en montrant sa main saignante.

Berthe monte à la salle de bain en soufflant comme une locomotive. Elle cherche dans le désordre les pansements et l'onguent, puis redescend en renâclant contre la Ligue des femmes catholiques.

— J'pense qu'y faudra me laver la main.

— On remonte alors, s'impatiente Berthe.

Elle fait couler l'eau sur la main de Baptiste qui se remet à pleurer.

— C'est pas une coupure profonde, ça va guérir en un rien de temps.

— J'aurais besoin d'un autre service, dit-il de cette voix étrangement douce.

— Oui ?

— Comme vous le savez, j'ai des problèmes de dos. J'ai de la misère à entrer dans la baignoire.

— Faites-vous installer une douche, d'abord !

Alors que la grosse femme remet l'onguent dans la pharmacie, le bonhomme la saisit par le poignet.

— J'aime les femmes dodues, roucoule-t-il.

Berthe se dégage de la prise, mais le vieux s'acharne. Il poigne un bourrelet à la taille, un bout de fesse. Plus la femme se trémousse, plus l'homme a l'air joyeux d'un enfant.

— Vieux salaud ! beugle-t-elle en tournant les talons.

Mais quelque chose la chicote, elle s'arrête.

— Attendez. C'était quoi, le nom de votre femme ?

— Euh...

— J'gagerais que vous avez jamais été marié.

— ...

— La femme dans la photo, c'est pas votre fille, hein ?

— C'est ma nièce de Montréal.

— Qu'est-ce qui vous a fait tant pleurer ?

— Le poivre, j'suis allergique.

— Et l'horloge ?

— Je l'ai débranchée avant que vous arriviez. J'avais juste envie de m'amuser un peu, vous comprenez.

— Vous avez fait exprès de briser le cadre ?

— Non, non, ça, c'était un adon.

— Que l'yâble vous emporte !

Berthe sort brusquement.

— Mais le ménage ! Mon bain !

Berthe Mercier descend l'escalier d'un pas lourd. Elle remet sa tuque, chausse ses bottes sans enlever ses pantoufles, enfile son manteau. Les yeux mouillés, Baptiste la supplie de rester, il ne la touchera plus, il promet ! Berthe lui lance un regard acide et, en sortant, claque la porte sur les excuses contrites du vieux Beaulieu.

Chez Mathilde Fontaine
(Grace)

GERTRUDE, LUCILLE ET BERTHE grelottent sur le trottoir en attendant que Mathilde les fasse entrer. Gilles Fontaine, sur le seuil de la porte, en gilet de laine, apostrophe sa femme.

— Mathilde ! Ça va faire ! Rentre dans la maison !

Au milieu de la rue, Mathilde Fontaine donne le bras d'honneur à Eugène Bédard qui s'éloigne en voiture.

— Vieux crétin ! M'a t'en faire ! lance-t-elle au derrière de la Pontiac.

— Laisse les voisins tranquilles ! Saudit, t'as pas autre chose à faire, comme du repassage ? s'écrie Gilles.

En franchissant la porte, Mathilde lui écrase le pied.

— Ayoye !

— Oh, 'scuse, je t'avais pas vu là.

Elle fait signe à ses amies d'entrer. Gilles claudique jusqu'au salon en maugréant. Les femmes s'installent dans la cuisine. Un gâteau aux anges trône sur la table. Gertrude en a l'eau à la bouche, c'est son dessert préféré ; mais Norman n'aime pas le gâteau, alors elle n'en fait plus. Mathilde distribue les morceaux de gâteau et verse le café.

— Qu'est-ce qu'y a, Gilles ? demande Berthe.

— Yé choqué parce que j'demandais aux Bédard où y s'en allaient comme ça par une journée si froide.

— Et, où est-ce qu'y s'en vont ?

— Un des enfants a dit : « La gare ! », mais le vieux Bédard m'a chialé : « Mêlez-vous de vos affaires, grosse carcasse ! ».

Gertrude lâche un rire, ses compagnes lui lancent un regard noir.

— Les Bédard, c'est pas eux autres qui ont la p'tite Indienne depuis quelques années ? demande Lucille en enfournant une bouchée de gâteau.

— Oui, cette petite mal élevée qui traîne d'une famille à l'autre.

— Mal élevée, on peut le dire, ajoute Gertrude, la bouche pleine. Elle faisait souvent des mauvais coups à l'école. Elle volait les affaires des autres, mettait de la gomme dans les cheveux des petites filles. Ouais, une méchante gueuse !

Berthe remarque avec dédain les miettes aux commissures des lèvres de Gertrude, qui tire la langue pour nettoyer sa bouche comme un chat.

— C'est une fille bête, pas du tout cultivée.

— Loin de moi de dire du mal des autres, enchaîne Mathilde, mais elle a été dans au moins deux maisons d'accueil avant d'arriver dans notre quartier. Elle doit avoir la caboche dure... Mais j'pense que c'est fini aujourd'hui.

— Comment ça ?

— Elle était dans l'auto avec les autres enfants, chuchote Mathilde. J'pense que les Bédard s'en débarrassent.

Elle amène sa fourchette à sa bouche, laisse fondre le gâteau sur sa langue et fait couler son regard d'une invitée à l'autre.

— Elle leur a sans doute fait honte... si vous voyez ce que j'veux dire.

— Mmm, mmm, font Lucille et Berthe.

— Ah ? Comment ça ? demande Gertrude.

— C'est pas évident ? râle Berthe. Elle couche d'un bord et de l'autre, pis là, ben, est dans le trouble !

— D'après moi, les Bédard l'envoient dans un couvent pour que les religieuses s'en occupent, achève Mathilde.

— Ça vous est jamais venu à l'esprit qu'elle part de sa propre volonté ?

Les femmes sursautent, elles n'ont pas entendu Gilles entrer dans la cuisine. Il sirote son café, adossé au comptoir, les chevilles croisées. Il étudie les commères par-dessus sa tasse.

— Fiche-nous la paix, siffle Mathilde.

Son mari ricane et les trois invitées ne savent pas où poser le regard.

— Vous avez jamais pensé qu'elle partait peut-être pour se débarrasser des Bédard et pas le contraire ?

Il quitte la pièce.

— C't homme-là me fait pâtir, dit Mathilde, les dents serrées.

On n'entend que le grattement des fourchettes contre les assiettes de porcelaine.

GRACE

Pour A

GRACE met sa valise sous le siège du train, puis elle enlève son parka, lisse la blouse et le pantalon qu'elle a achetés exprès pour le voyage. Une fois assise, elle enroule un cheveu autour de son doigt, tire très fort, le laisse tomber, en prend un autre et recommence. Elle croise les jambes, balance son pied.

Le train part. La place à côté de Grace est libre. Elle y pose son sac à dos et en sort la lettre de sa mère, des pattes de mouche gribouillées sur quelques lignes. C'est la première fois que sa mère lui fait signe de vie. Fauchée et malade, elle demande à sa fille de venir l'aider. Sur la photo qui accompagne la lettre, les yeux ternes et les traits tirés de sa mère la regardent. Grace sort un petit miroir de son sac, cherchant une ressemblance entre elles. Elle sent monter ses larmes et se berce discrètement.

Elle était toute jeune quand la travailleuse sociale l'avait amenée rue des Ormes. Elle avait eu très peur en voyant Eugène Bédard : il avait le même air que monsieur Dupont, celui qui lui avait enfoncé sa langue dans sa gorge et l'avait forcée à écarter les jambes. Grace n'en avait jamais soufflé mot. Alors, ce n'était pas pour cette raison que la travailleuse sociale avait dû venir la chercher. C'était parce que madame Dupont était « tannée de laver des draps pisseux à tous les matins ». La travailleuse sociale avait expliqué cela à Claire Bédard, qui avait répondu qu'elle savait « arranger ce genre de problème ».

77

Grace partageait le lit de Lola, qui avait le même âge qu'elle.

— Cochonne ! Lève-toi pour aller à la toilette ! criait Lola.

Maman, j'veux mon propre lit !

Impossible quand il y a neuf enfants sous le même toit.

Le train s'arrête. Quelques passagers descendent, d'autres montent. Un homme aux cheveux blancs et aux yeux gris fixe le sac de Grace. Le cœur de la fille s'arrête de battre : cet homme ressemble à monsieur Dupont, en plus vieux. Elle prend son sac et le coince entre sa hanche et le mur. Elle recouvre son corps avec son parka, mais, dès que le train repart, l'homme s'endort et ronfle. Soulagée, Grace appuie sa tête contre la vitre.

Un soir, elle entendit monsieur et madame Bédard.

— Une voisine l'a trouvée seule dans la maison de sa mère, elle a appelé le *Children's Aid*.

— Ça parle au yâble, répondit Eugène Bédard. Les sauvages prennent pas soin de leurs petits.

— Non, pis y en ont un à chaque année comme les animaux, renchérit Claire Bédard (comme si ses huit grossesses rapprochées relevaient d'un phénomène surnaturel).

Grace pétrissait sa jupe pendant que monsieur et madame Bédard déblatéraient contre les *sauvages*. Elle se coucha cette nuit-là avec une honte inexplicable dans le ventre.

Quelque temps après, Lola lui raconta une chose troublante.

— Maman m'a dit que ta mère était une ivrogne, c'est pour ça que t'as fini chez nous.

— …

— Es-tu sourde ? Je t'ai dit que ta mère était rien qu'une ivrogne !

— J't'ai entendue. Qu'est-ce que tu veux que ça me fasse ?

Grace se leva pour sortir, mais Lola lui barra le passage.

— C'est héréditaire. Toi aussi, tu vas te soûler et abandonner tes enfants.

Grace triture la courroie de son sac, en contemplant le paysage qui défile sous ses yeux. Et si sa mère est ivrogne ? Et si ça se transmet ? Elle balance son pied de plus belle, s'arrache encore deux ou trois cheveux. Son voisin grogne dans son sommeil et recommence à ronfler.

Elle était tombée dans l'escalier, s'était cogné la bouche contre une marche, une dent branlait. Émile, une bobine de fil à la main, proposa son aide.

— Non, ça va faire trop mal !

— Fais-moi confiance, tu sentiras rien.

— J'aurai un gros trou dans la bouche !

— Non, non, tu verras, une nouvelle dent va pousser. On vient d'apprendre tout ça à l'école.

Comme Émile était l'aîné, Grace se laissa convaincre. Elle ouvrit la bouche, le garçon passa le fil autour de la lanière de peau, ouvrit la porte et attacha l'autre bout du fil à la poignée.

— Bouge pas.

Le claquement de la porte secoua Grace et elle se mit à brailler. Émile s'empressa de plaquer sa main sur sa bouche, mais elle saignait à profusion. Madame Bédard arriva au pas de course et, sans attendre l'explication de son fils, le punit avant d'emmener Grace pour la soigner.

Grace pousse sa langue dans l'espace vide en regrettant sa dent. Elle fouille sa mémoire pour trouver une image ou un son de sa petite enfance avant que sa mère ne la quitte. Elle se souvient seulement de l'odeur aigre-douce du lait suri.

Le train s'arrête encore. Son voisin se réveille et descend. Grace remet son sac sur le siège à côté et relit la lettre. Sa respiration s'accélère, elle descendra à la prochaine gare. Elle a économisé ses sous pendant des années en attendant le jour où elle irait retrouver sa mère. Et la voici dans le train... Elle commence à enrouler un cheveu mais elle a soudainement besoin d'aller à la toilette.

— Yeurk, t'as encore pissé au lit ! cria Lola.

Grace frissonnait, sa culotte et sa jaquette étaient trempées. Elle se déshabilla et jeta ses vêtements dans une pile au fond de la garde-robe. En enlevant les draps, elle entendait le pas pesant dans l'escalier. Dans le cadre de la porte, la grande silhouette de madame Bédard. Son dur regard.

— Ça sent la pisse ici dedans !

Elle saisit Grace par le cou et poussa sa face vers le drap. Grace résista comme elle put.

— J'vas te dompter comme on fait avec les chiens ! gueula madame Bédard.

Son nez, sa bouche, collés contre le drap imbibé. Cette odeur âcre, ce goût infect...

— Non ! Non !

Madame Bédard libéra enfin la fille. Des gouttes de sueur perlaient sur son front. Elle ordonna à Grace d'aller mettre ses affaires pleines de pisse dans la machine à laver.

Grace sort des toilettes. Elle se frotte le cou et retourne à son siège. Il vaut mieux partir et recommencer sa vie.

Les freins du train grincent. Grace glisse son sac sur ses épaules et prend sa valise. Elle suit les autres passagers jusqu'au hall d'entrée. Elle scrute la foule. La rumeur constante l'énerve. Elle ne voit pas sa mère. Ah, la femme là-bas aux longs cheveux gris... qui s'avance, ouvre les bras, sourit et... passe à côté de Grace. La famille s'embrasse et disparaît. Le hall commence à se vider, la rumeur s'estompe. Une femme s'approche en traînant les pieds.

— Grace ?

La voix est rauque, des effluves d'alcool flottent autour de la femme.

— *We have to take the bus, I don't drive.*

Elles attendent l'autobus en silence. La mère allume une cigarette, lâche une toux grasse, son visage s'empourpre.

L'autobus arrive. Elle jette le mégot, monte la première. Grace paie le passage pour les deux, puis prend place à côté de sa mère.

CHEZ LUCILLE VERRIER
(LA GROSSE DIANNE)

LUCILLE coupe la tarte aux bleuets, en sert à ses amies. Elle verse du café dans les tasses. Il est fort. Gertrude fait la grimace après la première gorgée et plonge trois cubes de sucre dans sa tasse. Mathilde retrousse la lèvre et en fait autant.

— Je gardais chez ma fille samedi soir et, en revenant, j'suis passée devant la maison des Thibault, commence Lucille. Laissez-moi vous dire qu'il s'en est passé des choses, ce soir-là.

Elle avale une bouchée de tarte, prend une gorgée de café, repose la tasse sur la soucoupe. Son mari Guillaume entre, un grand sourire aux lèvres.

— Salut, ma belle ! dit-il en caressant la tête de Lucille avant d'ajouter, plus sobrement, Bonjour mesdames.

Gertrude agite sa main comme une fillette contente de revoir un ami. Berthe pousse un gros soupir, vrille Guillaume du regard.

— As-tu préparé les sandwichs pour Donald et moi ? On s'en va au parc jouer avec son *BB gun*.

— Sont dans le frigidaire.

Après qu'il soit parti, Lucille confie à ses invitées :

— Notre petit Donald a éveillé quelque chose chez mon mari. J'suis bien contente d'avoir pu lui donner c't enfant-là.

— Mmm, mais un peu tard, hein ? Quand ton petit aura vingt ans, t'en auras soixante-deux. Quand y aura ses propres enfants, tu seras trop vieille pour en jouir, mitraille Mathilde.

— T'as eu un bébé à quarante-deux ans ? s'étonne Gertrude. Comment t'as fait ?

— On s'en fout-tu ! éclate Berthe. Revenons à nos moutons !

— Y faut-tu toujours que tu mènes ? On jase et, des fois, la conversation prend d'autres sujets, s'emporte Mathilde.

— J'ai pas toute la journée à perdre, mon Maurice m'attend !

— Ouais ! En parlant de bébé...

Berthe ouvre la bouche pour riposter, mais Guillaume et Donald traversent la cuisine à ce moment-là. Ils disent au revoir aux femmes et quittent la maison. Lucille en profite pour reprendre son récit.

— Comme j'passais devant la maison des Thibault, j'ai vu Jude sortir en courant. Coco criait « Espèce de salaud ! » en lui montrant le poing. À son propre frère !

— Jude Thibault aime bien tripoter les jeunes filles, dit Berthe. ·

— Pouah ! Le salaud ! lâche Mathilde.

— La grosse Dianne essayait de le suivre, mais son père l'a pas laissée sortir. Elle était dans tous ses états.

— Elle fêtait ses dix-huit ans samedi, on en parlait au bureau, dit Gertrude. Saviez-vous que son oncle vient la chercher des fois à l'école ?

— Son oncle Jude ? s'exclament les trois femmes.

— C'est un homme louche, j'lui fais pas confiance.

— Quand il sortait de la maison de Coco Thibault, y portait pas de souliers ! Et Dianne qui essayait de le suivre ! continue Lucille.

— Cette fille devrait perdre du poids. Grosse comme elle est, c'est pas surprenant qu'elle attire des vieux rats, dit Berthe en déplaçant ses grosses fesses sur la chaise.

— C'est pas son poids, le problème, rétorque Gertrude avec une fermeté inattendue.

Les trois autres commères se figent. Gertrude prend une deuxième pointe de tarte et se lèche les doigts.

LA GROSSE DIANNE

NORMA empile les sandwichs au fromage fondu sur une assiette qu'elle passe à sa fille Dianne. Dans le salon, l'oncle Jude, Charles, que tout le monde appelle Coco, et les cinq petits frères de Dianne discutent de la partie des Canadiens de la veille.

— J'haïs les matchs nuls, sont plates, se plaint Alain.

— Peut-être ben, mais c'est quand même mieux qu'une défaite, dit l'oncle Jude.

— C'est certain, renchérit Coco.

— La partie de l'autre soir était excitante, hein. Y ont battu les Bruins quatre à un !

— Ah oui, ça, c'était super fantastique !

— Le dîner est prêt ! appelle Dianne en posant l'assiette débordante de sandwichs sur la table.

Elle verse du lait dans tous les verres sauf ceux de son père et de son oncle. Norma vient d'ouvrir deux bouteilles de Coca-Cola et les yeux de Rémi s'arrondissent de convoitise en entendant le *pchhhh* qui s'en échappe.

— T'es trop jeune, pitte, dit sa mère. Et puis, c'est ben que trop cher pour commencer à en acheter pour tout le monde.

— À ta santé, petit bonhomme, dit l'oncle Jude avant de lever la bouteille. Aaaah, délicieux.

Norma et Dianne s'assoient, encadrant Coco qui est à la tête de la table. Dianne sert d'abord son père.

— J'te sers mon onc' ?

— Oui, j'aime ben les *grilled cheese*.

En ramassant un croque-monsieur pour son oncle, elle accroche son verre de lait, le renversant sur la table et dans l'assiette de son père.

— Aaaan, câlisse ! Fais-tu exprès ?

— Charles, c'est un accident, arrête de la faire pâtir, grommelle Norma qui se lève pour nettoyer le dégât.

— Elle a comme quinze accidents par semaine, rigole Laurent.

Les garçons se mettent à rire. Leur père leur dit de se taire, ce qu'ils font aussitôt.

— Fais attention ma poulette, *môseusse*. T'as déjà dix-sept ans, me semble que tu devrais être plus adrette.

— P'pa, je m'excuse.

Dianne fait le tour de la table pour servir à nouveau son oncle.

— Merci, ma fille, dit l'oncle en tapotant discrètement les fesses de sa nièce.

Norma revient avec une assiette propre pour son mari, sur laquelle elle lance deux sandwichs au fromage fondu.

— Bon, on peut-tu manger à c't'heure ? Je meurs de faim, se plaint-elle.

— Ouais, mangeons. Mais toi, ma bouboule, prends-en pas trop. Faudrait pas que tu continusses à grossir, dit Charles en se tournant vers sa fille.

Dianne baisse les yeux. Elle lorgne son assiette en se léchant les lèvres, mais n'ose pas se servir.

— Il t'étrive, Dianne. Mange, dit sa mère.

Dianne prend une petite bouchée, puis une plus grosse, elle avale tout rond la moitié de son sandwich.

— Du moment qu'elle prenne pas plus qu'un *grilled cheese*, marmonne Charles.

— Woyons, Coco, donnes-y pas du mal comme ça ! C'est ta fille après toute, intervient Jude.

— Ouais, mais elle a presque dix-huit ans pis, si elle arrête pas de grossir, elle se trouvera jamais un homme.

— Ben moé, j'suis grosse et j'ai ben un mari, maugrée Norma.

Le petit Guy se met à rire, mais il s'arrête dès qu'il croise le regard noir de sa mère.

— Ça, c'est différent parce que t'étais pas grosse quand je t'ai rencontrée, t'es devenue grosse plus tard. Elle, dit Charles en désignant Dianne du pouce sans la regarder, elle aura pas la chance de rencontrer un gars si elle maigrit pas.

— Es-tu en train de dire que Dianne est pas belle? Si j'étais un jeune homme, je la trouverais ben de mon goût, avoue Jude en regardant sa nièce droit dans les yeux.

— C'est-tu vrai ça, mon onc'? demande Guy.

— Votre oncle, malgré ses soixante-deux ans, chasserait n'importe quel jupon, yé pas *fussy*, répond le père.

Les garçons et Jude éclatent de rire.

— Parlons d'autre chose, c'est pas une conversation pour le dimanche, réplique Norma. Dianne va avoir dix-huit ans samedi prochain, on va la fêter.

— Invites-tu beaucoup d'amis? demande Alain.

— Euh, y aura-tu des gars?

— Mes amies filles pour sûr, p'pa, mais j'sais pas encore pour les gars.

Dianne gigote sur sa chaise. Le sang monte à son visage, elle pense à Paul qu'elle aime depuis la cinquième année. Elle prend un deuxième sandwich et y mord à pleines dents.

— Ça va ben aller, tu verras, ma fille, répond son père, penaud. Pis ça tombe ben, les Canadiens jouent pas samedi prochain, ton *party* dérangera rien.

— J'vas aller mettre de l'eau dans le canard pour faire du thé, dit Norma, tout à coup enjouée comme si le Red Rose allait achever de panser tous les maux.

87

Le samedi soir arrive. Les jeunes frères sont relégués au sous-sol. Une longue file de jeunes gens se présentent. Les filles offrent des cadeaux, les garçons apportent la bière. Dianne est heureuse de voir que Paul est venu. Elle sourit de toutes ses dents, il sourit aussi.

— Bonne fête, Dianne la banane, dit-il en posant un baiser sur chaque joue. Ousse que j'mets ma bière?

Les lèvres chaudes de Paul... Elle désigne du doigt un endroit indéfini. Le jeune homme secoue la tête en riant – « T'es vraiment banane, Dianne » – et va saluer des copains. Sa meilleure amie, Lise St-Vincent, arrive accompagnée d'autres filles. Elles s'embrassent et pépient comme des oiseaux.

Quant à lui, Jude se réjouit de voir toute cette jeune chair à sa portée. Il ne tarde pas à passer d'une fille à l'autre comme un coq dans une basse-cour.

— Salut, j'suis Jude, l'oncle préféré de Dianne. On me dit que j'suis en forme pour mon âge.

Les unes le trouvent charmant malgré le grand écart d'âge; les autres le trouvent vieux maquereau et s'éloignent de lui comme s'il était lépreux.

Norma circule pour offrir beignes, biscuits et boulettes au rhum.

— Moi pis ma fille, on les a faites. Moi pis ma fille, on les a faites. Moi pis ma fille, on les a faites.

Les jeunes hochent la tête et dévorent les friandises. Deux filles demandent les recettes, Norma rougit d'orgueil. Les invités plongent leurs mains dans les bols de croustilles Old Dutch et lèchent leurs doigts graisseux. On décapsule une bière après l'autre. On laisse traîner les bouteilles vides, que Coco se dépêche de récolter. Quelqu'un met un disque, *Feel Like Makin' Love* par Roberta Flack. Dianne fixe Paul des yeux.

— Vas-y, va lui demander, l'encourage Lise. Vas-y!

Lise doit la pousser gentiment pour la faire avancer. Avant que Dianne ait traversé le salon, Paul est là, il lui fait une révérence et ouvre les bras. «*I feel like makin' love to you*», chante Roberta.

D'autres couples se lèvent pour danser. Paul tient Dianne contre son corps, il lui caresse le dos, sa main descend jusqu'à ses reins. Jude passe par là en se raclant la gorge, mais le couple fait comme s'il n'existe pas. Coco arrive alors.

— Eille, mon chenapan, t'es quand même dans mon salon, hé, hé.

— Aaan, p'pa, geint Dianne.

— 'Scusez, mon vieux, répond Paul en remontant ses mains plus près des omoplates de Dianne.

La chanson se termine.

— Merci pour la valse, chère demoiselle, dit le cavalier en faisant une autre révérence.

— J'suis contente pour toi, ma belle, dit Lise à Dianne.

— Moi itou, mets-en!

— Peut-être qu'il va finalement te demander à sortir avec lui.

— J'espère.

— Oh, avant que j'oublie, faut que j'te conte quelque chose. Ma petite sœur Monique...

Tout en écoutant Lise, Dianne détourne les yeux vers... Paul et la jolie Margo. Margo a de gros seins fermes, une taille de Barbie, des hanches divines, tous les galbes à la bonne place. Dianne se couvre le ventre avec un coussin. Paul et Margo ont chacun un bout de bretzel entre les lèvres qu'ils grignotent, grignotent, jusqu'à ce que leurs bouches se touchent.

— As-tu entendu ce que je viens de dire? demande Lise, irritée.

— Hein?

— Ma petite sœur Monique est enceinte, elle a juste quinze ans ! Mes parents sont enragés parce qu'elle a été avec Léon Miller et...

— Han, han, oh. Euh, je... j'vais aller me chercher une bière.

Bouche bée, Lise s'enfonce dans le dossier du canapé, les bras croisés.

— Qu'est-ce que t'as, ma pitoune ? demande Jude en voyant l'air dépité de sa nièce.

— Rien. J'veux juste une bière, répond-elle en regardant Paul et Margo.

— Oublie-le, y vaut pas la peine. Y aura toute une trâlée de gars à ta porte ben vite, tu verras.

Dianne prend une grosse gorgée de bière, rote, bascule de nouveau le goulot contre ses lèvres. La bouteille est déjà à moitié vide.

— Moins vite, ma fille, c'est ta première bière !

Elle penche encore la bouteille.

— Mon onc', étais-tu sérieux dimanche quand tu m'as dit que tu me trouvais belle, que j'serais de ton goût ? T'sais, si t'étais plus jeune...

— Ben, euh, oui, c'est sûr, répond-il, désemparé.

Dianne vide la bouteille, en demande une deuxième, puis elle s'éloigne en chancelant. Jude est hypnotisé par le mouvement irrégulier du gros fessier de sa nièce. Dianne monte le volume de la musique et se met à chanter à tue-tête. Tous les jeunes dansent en hurlant et en tapant des mains.

— J'en peux plus du bruit, Charles, je vais rejoindre les gars au sous-bassement, crie Norma.

Charles hoche la tête, ce n'est pas la peine de s'efforcer pour se faire entendre. Il rejoint son frère au bar.

— 'Cou donc, t'as pas l'air dans ton assiette, Jude.

— Ah, c'est juste que... Y a beaucoup de bruit, pis c'est fatigant à la longue. Ça te ferait-tu rien si j'montais me coucher un peu ?

— Pu aussi jeune, hein, rit Coco. Tu peux te reposer dans la chambre d'Alain.

On met un autre disque, les premiers accords de *Takin' Care of Business* emplissent la pièce. Coco se couvre les oreilles, s'enferme dans la cuisine où il s'offre un petit répit au goût de whisky.

Pendant que les copains dansent, chantent, font semblant de jouer de la guitare, Dianne s'éclipse. Elle monte en s'accrochant à la balustrade, trébuche sur une marche, tombe à genoux, se met à rire, continue à monter.

— Mon onc' Juuuuude, ousse que t'éééé ?

Elle fait le tour des chambres. Elle entend des ronflements dans celle d'Alain. Jude est couché sur le côté, le dos courbé, les jambes ramenées sur la poitrine. Dianne avance d'un pas incertain, se penche sur le corps de son oncle et plante un baiser sur sa joue. L'oncle agite la main comme pour chasser une mouche.

— M'aimes-tu ? Me trouves-tu belle ? Dis-moi que tu me trouves belle.

Jude gémit. Dianne caresse tendrement la joue de son oncle, essaie de le réveiller. Elle se redresse pour quitter la chambre, mais les murs se mettent à tourner et un goût âcre lui monte à la gorge. Elle s'accroche sur le bord du lit et s'y étend, son dos contre celui de son oncle.

Chez Gertrude Lebrun
(Point de repère)

GERTRUDE place au centre de la table une assiette de carrés à la noix de coco.

— Tu reçois encore tes senteuses du samedi ? demande Normand.

— C'est mes amies, répond Gertrude à voix basse.

— Tes amies, tss. C'est des vieilles bonnes femmes qui mettent leur nez dans les affaires de tout le monde. Et toi, ma pauvre folle, tu te fais jouer, hennit-il de rire.

Sa tête bourdonne, mais Gertrude ne dit rien. Elle lave la cafetière, prépare du café frais.

— Elles seront là d'une minute à l'autre, tu pourrais pas t'effacer ?

— M'effacer ? J'suis chez moi ici, c'est moi qui paye les *bills*...

— On.

— Hein ?

— ON paye les *bills*. J'travaille moi aussi.

— Ouais, okay, tu fais ta part, grogne-t-il.

Il avale le reste de son café refroidi quand on sonne à la porte.

— Tiens, les v'là, tes amies. J'vas aller faire un tour en ville, dit-il avec un sourire narquois.

Gertrude sait qu'un tour en ville, c'est une visite chez la salope de l'heure. Elle se frotte les tempes, boit un grand verre d'eau. Normand sort par la porte arrière. Gertrude ouvre l'autre porte sur trois pies jacasseuses.

Dans la cuisine, l'hôtesse leur offre un café brûlant mais dilué... ainsi, ses compagnes ne lui en redemanderont pas. Elle regarde longuement les trois femmes qui se garrochent sur les carrés à la noix de coco en poussant des mmm et des oooh ! Elle se demande ce qu'elle fait dans ce groupe.

— Tu manges pas ? Toi qui te bourres la face d'habitude, rit Berthe.

— Euh, ah oui, bredouille Gertrude.

Elle mord dans une friandise puis enlève la garniture qui s'est collée au coin de la bouche. Le sucre fait son effet, Gertrude redevient de bonne humeur et se lance dans un récit.

— Vous connaissez Sylvia Coulon ?

— La couturière ? Elle m'a déjà fait des vêtements sur mesure, répond Lucille.

— Sur mesure ? Quelle frivolité, ronchonne Mathilde. Et comment...

— Oh, et qu'est-ce que ça peut bien nous faire ? coupe Berthe. Revenons à la fille Coulon.

— J'lui ai commandé une blouse, commence Gertrude.

« Commandé ? V'là la belle affaire ! », pense Berthe en lissant sa blouse bon marché.

— Après qu'elle m'a apporté ma blouse, elle a croisé sa mère dans la rue. Sans lui dire bonjour. Sont en brouille depuis que Sylvia se tient avec Thérèse Fortier. Et j'ai l'impression que...

L'hôtesse s'arrête net et elle remue sur sa chaise.

— Prends un autre carré, l'encourage Berthe.

Ravie que Berthe ne lui lance pas trop de piques pour une fois, Gertrude plonge les dents dans le dessert moelleux.

— J'les ai vues, Sylvia et Thérèse, très proches l'une de l'autre. J'pense qu'elles sont... euh, un peu plus... que... que de simples amies.

Les trois autres parlent toutes en même temps.

— Dégoûtant !

— C'est l'monde à l'envers !

— Si j'étais sa mère, j'lui parlerais pas non plus !

Gertrude éprouve une lourdeur dans le ventre. Ses trois amies se gavent de carrés à la noix de coco.

POINT DE REPÈRE

SYLVIA fait nager doucement la cuillère dans l'eau pour délayer la soupe aux tomates. La vapeur monte, quelques bulles éclatent. Sylvia tape la cuillère contre la casserole, la lèche et verse la soupe dans un bol. Elle y casse une dizaine de biscuits soda, plonge sa cuillère dans le mélange épaissi. Mmm, mmm, les biscuits soda ramollis à la tomate, c'est si bon ! À chaque bouchée, elle souffle sur la soupe, même après qu'elle se soit attiédie. Après son repas, Sylvia rince le bol, la cuillère et la casserole, puis les range.

Elle s'installe à sa machine à coudre, chausse ses lunettes et continue à coudre la robe pour madame Bélanger, la femme du propriétaire. Elle glisse ses cheveux derrière une oreille et pousse le tissu bleu sous l'aiguille sautillante. Elle songe à la chance qu'elle a eue de louer cette chambre mansardée à un prix dérisoire.

Sylvia arrête la machine, lève le pied, coupe le fil, fait un nœud. La robe achevée, elle l'enfile sur le mannequin. Elle sort le patron d'une blouse blanche pour madame Lebrun. En épinglant le tissu au papier, elle revoit sa mère plus jeune, penchée au-dessus de ses épaules alors qu'elle lui apprenait à confectionner des rideaux. Sylvia ressentait alors la chaleur, peut-être même l'affection, de sa mère. Elle coupe le tissu, suivant consciencieusement le contour du dessin. Un léger coup à la porte la fait sursauter et elle manque couper de travers.

— Mamzelle Coulon, vous avez de la visite, annonce de sa petite voix madame Bélanger.

La femme du propriétaire a déjà fait monter Thérèse. Sylvia entend la voix de celle-ci et accepte l'interruption à contre-cœur. Elle ôte ses lunettes, laisse entrer son amie. Sylvia profite de l'occasion pour donner sa robe à madame Bélanger qui glousse de plaisir et lui promet d'apporter le paiement plus tard.

Thérèse sourit et tend un plat à son amie.

— Ragoût maison pour deux !

Elle lit la fatigue dans les yeux de Sylvia et remplit immédiatement deux bols.

— J'ai déjà mangé, c'est bon, dit Sylvia, un peu impatiente. Et j'ai de l'ouvrage à faire.

— Faut que tu manges, t'es maigre comme un clou. Tu travailleras plus tard.

Thérèse met le patron et le tissu sur le lit, puis elle oblige Sylvia à s'asseoir.

— J'ai pas faim et je dois finir la blouse de madame Lebrun d'ici vendredi. Si j'ai du retard, elle me paie pas le plein prix.

Elle se lève mais la main de son amie tombe lourdement sur son épaule.

— Tut, tut, tut. Prends au moins une bolée de ragoût, t'en as pour quinze minutes.

L'odeur agréable du ragoût ravive l'appétit de Sylvia.

— J'ai cuisiné, tu laves la vaisselle, dit Thérèse sur un ton à la fois taquin et péremptoire.

Sylvia soupire intérieurement et commence le lavage. Thérèse s'est allumé une cigarette et a étiré ses jambes sous la table. Elle pousse des ronds de fumée vers le plafond, tapote la cigarette sur le cendrier. Sylvia déglutit.

— Thérèse, faudrait vraiment que j'me remette à l'ouvrage.

— J'viens d'arriver, proteste son amie. Ton ouvrage est plus important que notre amitié ?

Thérèse regarde sa copine de biais. Sylvia triture ses mains, jette un œil inquiet sur le patron qui gît sur le lit. En plus de la blouse, elle a d'autres vêtements à coudre pour la fin de la semaine. Mais une soirée entre amies, c'est important aussi... Thérèse offre une cigarette à Sylvia.

Après deux nuits blanches de travail, Sylvia livre sa commande à Gertrude Lebrun.

— Vous êtes juste à l'heure, dit la cliente, le ton aigu.

Elle examine la couture à la loupe, son long nez pointu touchant presque le tissu, son œil exagérément grossi. Elle pose la loupe, déçue de n'avoir trouvé aucun défaut. Elle fouille longtemps dans son porte-monnaie pour trouver le bon billet et le tend à la couturière. Madame Lebrun ferme la porte, puis observe Sylvia par le judas. Celle-ci descend les marches du perron.

Sur le trottoir, une vieille dame ronde marche avec une canne, plissant les yeux malgré ses lunettes aux verres épais comme des culs de bouteille. Sylvia l'observe quelques secondes, puis poursuit sa route.

Sylvia se tourne et se retourne dans son lit. Le rythme constant de la pluie contre la fenêtre finit par l'endormir.

Elle rêve. Sa vieille mère devant elle, les yeux globuleux, les cheveux ébouriffés, un cercueil noir vide, un prêtre qui fait balancer un encensoir, Sylvia de nouveau enfant en robe rouge vif, une foule dans une église sombre, sa mère lui crie quelque chose, Sylvia ne l'entend pas, elle couvre néanmoins ses oreilles. Tout à coup, la fille saisit sa mère à la gorge, la flanque dans le cercueil, ferme le couvercle d'un claquement assourdissant.

Le tonnerre la réveille brusquement. Sylvia met sa main sur sa poitrine, sent ses palpitations. Sa mère avait jadis une force de taureau. Une fois, elle avait pris son petit frère par la nuque pour enfoncer sa tête dans la cuvette de toilette parce qu'il lui avait désobéi. Il se démenait pour s'arracher à son emprise. Sylvia avait voulu le secourir, sa mère l'avait repoussée brutalement. Elle était tombée la tête la première et avait souffert de maux de tête pendant des semaines.

Elle écoute l'orage, elle ne dormira plus cette nuit.

Après plusieurs heures de couture, Sylvia s'étire comme un chat. Le soleil entame sa descente, elle a donc passé la journée sous l'aiguille. Elle enlève ses lunettes et se rend compte que son estomac gargouille. C'est maintenant qu'elle voudrait que Thérèse arrive avec un de ses plats mijotés. La mère de Sylvia avait toujours détesté son amie, « cette espèce de garçon manqué », et l'avait traitée de poison quand Thérèse avait encouragé Sylvia à quitter la maison.

Un *toc toc* à la porte ramène Sylvia au présent.

— Téléphone, mamzelle Coulon.

Sylvia descend. Elle prend le combiné.

— C'est la fête de maman mercredi, lui dit sa sœur Marie. Tu vas venir ?

— J'lui ai pas parlé depuis cinq ans. J'suis pas sûre d'être la bienvenue.

— Elle va avoir quatre-vingts ans. J'pense qu'elle voudra tous ses enfants autour d'elle.

— J'peux inviter Thérèse ?

— …

— Vous avez vos maris, vos femmes, vos enfants. J'veux pas y aller seule.

— Maman peut pas la sentir, fais pas la difficile.

— C'est ma meilleure amie.

— À toi de décider alors.

Sylvia appelle son amie.

Thérèse la retrouve recroquevillée sur son lit.

— J'peux pas y aller, j'veux pas la voir, sanglote Sylvia.

— Chut.

Thérèse la serre près de son cœur et caresse ses cheveux soyeux. Sylvia tremble.

— Qu'est-ce que j'vas faire, Thérèse ?

Son amie la prend par la main, lui enfile sa veste du printemps et l'entraîne dehors. Sylvia sèche ses larmes et Thérèse l'entoure de son bras. De l'autre côté de la rue, Gertrude Lebrun les aperçoit, et les suit du regard quelque temps.

— Si tu veux que j'aille avec toi mercredi, j'irai. J'aurais un mot ou deux à dire à cette femme, maugrée Thérèse.

— J'veux pas causer de chicane.

— Alors, pensons-y.

Sylvia fait tourner délicatement le rectangle de tissu. Elle a choisi le coton le plus doux, l'a décati avec soin et lavé à l'eau froide, avant de fabriquer des serviettes de table et des napperons. Madame Coulon sera fière de voir le beau travail de sa fille. Cela en aura valu la peine d'avoir sacrifié une bonne part de ses profits pour se procurer cette étoffe de qualité. Elle plie le cadeau sur un carton et l'entoure d'un simple ruban rose, la couleur préférée de sa mère.

Mercredi arrive. Sylvia est survoltée. Sa respiration est courte, ses mains, moites. Elle s'asperge le visage d'eau froide. Elle enfile sa meilleure robe et fait la moue, elle est défraîchie.

Sylvia attend Thérèse sous la lumière jaune du perron.

Une pluie fine tombe. Les deux femmes gagnent la rue des Ormes, Thérèse le parapluie à la main, Sylvia le cadeau plaqué contre sa poitrine.

Madame Coulon elle-même ouvre la porte. Elle jette un regard dur sur Thérèse, un œil distrait sur sa fille, et tourne les talons.

— Bonne fête, madame Coulon, lance Thérèse avec un brin d'ironie.

Sylvia suit sa mère et lui offre le cadeau. Sa mère le prend, le tâte, le dépose sur le guéridon.

— Maman, c'est des serviettes et des napperons. Tu les veux pas ?

Madame Coulon se retourne.

— Penses-tu qu'un petit cadeau de rien effacera toute la peine que tu m'as faite ?

— Elle a voulu bien faire, dit le frère qui s'était trouvé la tête dans la toilette quelques années plus tôt.

— Ferme ta yeule, aboie la mère.

— Madame Coulon, Sylvia a travaillé très fort pour vous faire ces belles serviettes.

— Qui t'a invitée ? Personne te veut ici !

— Sylvia m'a demandé de l'accompagner. Après tout ce que vous lui avez fait, vous pourriez être plus gentille !

— Elle m'engueule pour une prise de bec qui a eu lieu y a longtemps, ricane madame Coulon.

— Prise de bec ? C'est comme ça que vous appelez ça ? Vous l'avez traitée de tous les noms, vous l'avez battue, vous...

— T'as jamais élevé d'enfants, tu sais pas ce que c'est.

Sylvia tire sur la manche de Thérèse, mais celle-ci la repousse en gardant ses yeux vrillés sur l'octogénaire.

— Je sais qu'il faut pas les maltraiter.

— J'ai pas maltraité mes enfants. Ç'a pas été facile avec le mari courailleur que j'ai eu !

— Maman, calmez-vous, intervient Marie en entourant les épaules de sa mère.

— Le mari a rien à voir là-dedans, la mère devrait avoir meilleur jugement, crache Thérèse.

— T'as pas à faire ici, sors de ma maison !

Marie pousse un rire saccadé, le petit frère scrute Sylvia des yeux. Thérèse rougit violemment.

— On est aussi ben de partir.

Sylvia met son imperméable, serre la ceinture autour de sa taille.

— Euh, je... balbutie-t-elle.

— Tu vas me tourner le dos pour cette maniganceuse, dit madame Coulon, la voix chevrotante.

Les deux filles sortent. La mère glapit des injures en claquant la porte. Sylvia laisse le parapluie à Thérèse, il n'y a pas de place pour les deux en dessous.

Madame Coulon dénoue le ruban rose qui entoure le cadeau. Elle passe doucement ses doigts sur le tissu, le long des coutures. « C'est de la belle ouvrage », se dit-elle en essuyant une larme furtive.

Chez Berthe Mercier
(La fille aux boutons)

BERTHE est dépitée et fâchée par la nouvelle qu'elle vient de recevoir. Elle a juste envie d'être seule, mais ses amies arriveront d'une minute à l'autre. Justement, voilà la sonnette ! Berthe chaloupe vers la porte.

— Salut ! On est arrivées, lance Lucille.

Les trois femmes suivent Berthe à la cuisine. Elle fait le va-et-vient pour servir le café et les biscuits au gingembre en soupirant.

— Ça va, Berthe ? demande Mathilde.

— Si tu veux savoir, non, ça va pas. Madame Beaudry a été réélue présidente de la Ligue des femmes catholiques cette semaine. J'me suis fendue en dix pour aider le vieux Beaulieu, mais pour rien !

— Tu l'as pas aidé par charité ? glisse Gertrude.

— Ben... Oui, c'est sûr, mais c'est que... normalement, on se fait récompenser... Ah, et puis je devrais pu rien attendre de la vie !

— Y a toujours l'année prochaine, dit gaiement Mathilde.

Berthe lui décoche un regard torve et est sur le point de dire quelque chose, mais Lucille l'en empêche.

— Yé où Maurice ?

— C'est une autre affaire ! Y est allé jouer au billard avec un ami. Demandez-moi pas qui... mon fils est devenu cachottier.

« Il a quand même trente ans », se dit Gertrude tout en se gardant bien d'exprimer sa pensée à voix haute.

Lucille s'empresse de changer de propos.

— Avez-vous entendu ce qui s'est passé chez les Lavigne ?

— Tu parles de l'accident ?

— Ha ! Si tu penses qu'il s'agit d'un accident, Gertrude, t'es beaucoup plus crédule que je le pensais, crache Berthe.

— Ouais, j'suis d'accord. Cette fille-là est détraquée, tranche Mathilde.

— La séparation, c'est ça qui est à la racine de tout ça, dit Berthe, l'index braqué vers le plafond.

— Madame Lavigne pouvait pas rester avec son mari, il battait les enfants, explique Gertrude.

— Une claque de temps en temps a jamais fait de mal à personne, dit Lucille.

— Mais...

— Le mariage, c'est sacré ! La séparation donne le mauvais exemple à la jeunesse. Madame Lavigne a les mœurs *lousses* et, maintenant, on pourra plus s'attendre à grand-chose de ses deux enfants, s'écrie Mathilde.

— J'étais là quand l'ambulance est arrivée, annonce Berthe. La mère hurlait, son garçon était sur la civière et sa fille les regardait sans réagir. J'lui ai demandé qu'est-ce qui s'était passé, j'étais inquiète de son fils, vous comprenez, et elle m'a envoyée paître !

Lucille et Mathilde sont bouche bée. Gertrude engloutit un biscuit afin de réprimer l'envie de rire. L'hôtesse s'en aperçoit, elle met ses mains à plat sur la table d'un air menaçant.

— Tu trouves ça drôle ?

Gertrude dépose son biscuit et secoue mollement la tête.

À cet instant, Maurice rentre. La mine de Berthe s'adoucit et elle se lève.

— Ah, te v'là ! T'as fini de jouer avec ton ami ? dit-elle, toute joyeuse.

Elle va pour l'embrasser, mais son fils s'échappe à la dernière seconde. Il salue les femmes d'un mouvement de tête, prend quelques biscuits, quitte la pièce en s'assurant de ne pas frôler sa mère. Berthe est ébranlée, son regard saute d'une invitée à l'autre.

Gertrude se demande si la doyenne a remarqué la petite tache sur la joue de Maurice. Cela ressemblait drôlement à du rouge à lèvres...

LA FILLE AUX BOUTONS

CHARLOTTE LAVIGNE se plante devant le miroir de la salle de bain surplombant le lavabo – un autre est accroché sur le mur opposé – et elle se met à écraser religieusement ses gros boutons rouges. À quinze ans, son visage est criblé de boutons d'acné, de points noirs et de cicatrices qui, le dermatologue le lui assure, resteront indélébiles à moins de prendre ses médicaments. Mais elle refuse.

Charlotte presse minutieusement les petites boursouflures. Elle laisse des empreintes d'ongles de chaque côté des boutons et le miroir est souillé de taches blanches. Ses doigts, comme contrôlés par une force occulte, continuent à sonder son visage, s'arrêtent sur une croûte de peau, grattent. Une autre croûte. Et encore une autre, jusqu'à ce qu'elle ait épluché toute sa figure. Finalement, lasse de se regarder, elle quitte la salle de bain.

Son frère Édouard, lui, a la peau lisse, nette, sans imperfection. Ses hormones n'ont pas encore déréglé l'équilibre de ses beaux traits. Elle espère que cela lui arrivera un jour. Il se lave à peine le visage que sa peau rayonne. C'est injuste qu'un garçon ait le teint si beau !

Son frère entre dans la salle de bain après qu'elle y soit passée.

— Beurk ! Le miroir est dégueulasse ! Eille, Char, viens nettoyer ta saloperie !

Charlotte n'en fait rien. Elle descend au salon où elle se love dans le fauteuil pour lire. Tout en lisant, l'adolescente picore les boutons sur ses joues à l'aide de ses ongles qu'elle garde longs justement pour cette raison. Édouard passe à côté d'elle et la tape sur le genou, un rictus déformant son visage.

— Maudite face laide.

Charlotte lui lance un regard aigu et replonge dans sa lecture, l'histoire d'une jeune adolescente aux pouvoirs magiques, qui supprime ses ennemis d'un coup de baguette. Elle entend son frère, dans la cuisine.

— Dis-y de nettoyer le miroir, ses boutons sont dégueux.

— Édouard, laisse tomber, rétorque leur mère Irène. Elle fait de son mieux.

— Est pas propre, marmonne le garçon.

Irène n'est pas sûre que sa fille puisse combattre son acné, même si elle se lavait plus souvent. Au lieu de prendre des médicaments, Charlotte recourt à ses propres méthodes.

Elle monte à sa chambre où elle dissimule une salière dans sa commode et, d'un pas décidé, retourne à la salle de bain. Elle épand du sel sur un gant de toilette mouillé et récure son visage. Quelques boutons saignent, tandis que d'autres pointent toujours leurs têtes blanches et mûres. Le sel démange et picote la peau ouverte, laissant une sensation de brûlure. Charlotte grimace de douleur, mais le jeu en vaudra la chandelle. Elle remplit le lavabo d'eau chaude et de savon au parfum de pêche et y plonge son visage quelques secondes. Elle émerge, s'éponge, tire le bouchon.

Ragaillardie, Charlotte va trouver sa mère et la serre dans ses bras.

— Maman est pas un chat, lâche Édouard.

— Mange d'la marde, espèce de con.

« Et ça y est, ça recommence », se dit Irène.

— Maudite pizza garnie.

— *Fuck off !*

— Ça va faire ! intervient Irène, mais les jeunes ne l'écoutent pas.

— Face de volcan.

— Trou de cul !

— Fabrique à pus !

— Je t'haïs ! J'vas t'avoir un jour !

— T'es tellement laide que même un gars aveugle te baise-rait pas. Ben, un aveugle, p't-être, oui, ricane Édouard.

— Aaaah ! Ferme-toi ! crie Charlotte à tue-tête.

Finalement, Irène monte sur la table basse.

— TAI-SEZ-VOUS ! Ça suffit !

Les ados se taisent. Édouard siffle encore quelque chose avant de quitter la pièce. Charlotte passe ses mains dans ses cheveux, puis sur ses yeux. Elle contracte ses mâchoires, en faisant semblant que tout va mieux. Mais ça bouillonne en dedans.

Au souper, Irène demande :

— Avez-vous eu une bonne journée à l'école ?

— Ouais, dans le cours de science on a fait une fusée, mais le prof est tellement niaiseux, y savait pas comment la faire décoller. Y en était pas mal gêné, raconte Édouard.

Charlotte rit.

— En éducation physique, Annette a essayé de grimper la corde, mais elle est tombée en glissant tout le long de la corde. Ses mains saignaient presque, c'était très drôle ! dit-elle en commençant à gratter distraitement ses boutons.

— Eille, tu vas laisser tomber du pus dans ton assiette. Écœurante ! lâche Édouard.

— Charlotte, s'il te plaît, fais attention, lui dit sa mère doucement mais visiblement dégoûtée elle aussi.

La fille baisse ses mains, laissant voir les taches rougies sur son visage.

— On dirait que des mines ont explosé sur ta face.

— Ta gueule, riposte Charlotte sur un ton glacial.

Elle racle le sol avec sa chaise et monte à l'étage en courant. Elle entend le tintement lointain des couverts, les mugissements de son frère, les plaintes de sa mère. Dans la salle de bain, les miroirs la tourmentent. Ses yeux tombent sur une difformité : des reflets à n'en plus finir dans les deux glaces. Des milliers de boutons dévastent tous ses visages. Les larmes brûlent là où elle a frotté minutieusement plus tôt avec le sel.

Les yeux embrouillés, Charlotte s'approche d'un des miroirs. Après quelques clignements des yeux, elle se ressaisit. Elle met ses majeurs de part et d'autre d'un gros bouton blanc sur la joue et presse. Si fort qu'elle sent la pression monter jusqu'à son front. Elle écrase encore quelques boutons qui émettent un son de déchirure à chaque fois. Ils déchargent avec une grande puissance, laissant de grosses éclaboussures blanches sur la glace.

Édouard et Irène se disputent de nouveau. Charlotte entend son frère dire : « C'est une vraie cochonne », mais elle n'entend pas la réplique de sa mère. Ulcérée, elle décroche un des miroirs et le fracasse contre le lavabo. Sa mère et son frère accourent. Irène ouvre la porte, elle est sidérée. Édouard souffle : « Qu'est-ce que t'as fait ? »

Les yeux de Charlotte deviennent noirs. Elle saisit un grand tesson du miroir et le plonge dans la joue lisse et tendre de son frère qui, transi de peur, ne bouge pas.

— Tu vas voir qui est laid ! rugit-elle.

La peau s'ouvre. Le sang coule à flots. Charlotte lâche le tesson qui demeure logé dans la plaie béante. Elle essuie la sueur de son front et le sang qui coule de sa paume. Sa mère pleure.

— Appelle l'ambulance, dit calmement Charlotte.

Un peu plus tard, l'ambulance emmène son frère et sa mère. Charlotte ressent une pointe de regret d'avoir commis un acte aussi rageur. En même temps, elle se réjouit de savoir que son frère aura une hideuse cicatrice au visage que tout le monde pourra voir.

Chez Berthe Mercier
(Le bossu)

— YÉ REVENU! J'l'ai vu devant la maison des Lépine l'autre jour.

Berthe triture ses mains en faisant les cent pas.

— Qui ça? demande Mathilde.

Berthe cesse de se promener et balaie son regard sur les trois femmes.

— Le bossu!

Les commères se figent. Une mouche se pose sur le bord d'une des tasses de café.

Le bossu

J'AI MAL AUX DOIGTS parce que les callosités, qui les protè-
geraient, ne se sont pas encore formées. Pourtant, je n'ai pas
envie de lâcher la guitare que mon père m'a prêtée ; il m'a appris une nouvelle chanson. Comme je suis la benjamine de
quatre filles, je suis gâtée. Je suis dispensée des tâches ménagères imposées à mes sœurs, et elles me reprochent de ne pas
leur venir en aide. Tant pis, je préfère m'adonner à la musique.

Notre maison, quoiqu'une des plus grandes de la rue des
Ormes, ne compte que quatre chambres à coucher et je dois
partager la mienne avec ma sœur Adèle. Elle est jalouse de
mon talent et interrompt souvent mes répétitions. « Arrête ce
vacarme ! » Adèle n'a pas l'oreille.

Notre chambre donne sur la rue et ne comporte qu'une
seule fenêtre. Ma sœur fait souvent des simagrées pour me distraire ou encore se plante devant la fenêtre pour bloquer la lumière naturelle. Quand elle ne m'insulte pas. Papa nous
interdit d'allumer la lumière le jour, l'électricité coûte trop cher.
Je m'approche de la fenêtre, Adèle écarte les bras et les jambes
pour me barrer le passage. Je quitte la chambre en trombe, la
guitare de papa dans les bras. Maman me voit sortir.

— Reste ben dans la cour ! Madame Mercier m'a dit que le
bossu rôde autour de ce temps-ci !

Je suis trop en colère pour me préoccuper des ragots de madame Mercier.

En ce dimanche en juin, l'air est chargé d'humidité. Le soleil
se résigne à demeurer derrière les nuages gris. Je m'assieds sur
le perron avec la guitare de papa. Je porte ma petite robe bleue,
ma préférée, que ma mère aurait bien voulu que j'enlève après

la messe pour éviter de la salir. Je ne lui ai pas obéi, elle n'a pas insisté. La guitare, trop grosse, m'oblige à écarter un peu les jambes, une posture que maman ne trouve guère bienséante pour une demoiselle. La main gauche sur le manche, le bras droit par-dessus la caisse, le coude loin en l'air, le plectre entre l'index et le pouce – une position inconfortable à laquelle je dois m'habituer quelques minutes avant de pouvoir jouer aisément.

Je reprends la chanson que mon père m'a apprise. L'air me gagne, je chante les paroles dans ma tête. J'entends deux passants se plaindre de l'humidité et dire qu'il va sans doute pleuvoir. Je lance un coup d'œil vers le ciel. Les nuages ne me paraissent pas très menaçants. Je continue à jouer. Une voiture freine subitement, en faisant crisser ses pneus sur l'asphalte surchauffé, à cause de Ti-Paul, le fils des voisins, qui traverse la rue encore une fois sans regarder. J'entends, dans la maison, mes sœurs Suzanne et Mariette se disputer et mon père leur intimer l'ordre d'arrêter de se chicaner. La porte du frigo s'ouvre, ma mère casse quelques œufs.

Je continue à toucher les cordes de la guitare de papa quand je remarque quelque chose du coin de l'œil. Au bout du trottoir se tient une silhouette rachitique qui m'observe. Le bossu ! Je ne veux ni hurler, ni rentrer. Ma mère m'interdirait de sortir à tout jamais !

J'ai déjà vu le bossu dans les rues de notre quartier, mais jamais de si près. Les adultes, dont ma mère, mettent les enfants en garde contre lui.

— Faut pas le *troster*, celui-là, y a que'que chose de louche.

Oh, on raconte des histoires horribles sur le fameux bossu : il agresse les jeunes filles, il bat les garçons, il torture les petits animaux, je ne sais quoi encore.

Pourtant, je me souviens d'un jour où des enfants méchants asticotaient le bossu pas loin de chez nous. Ils le traitaient de tous les noms et j'avais éprouvé un brin de pitié à son égard. Finalement, le bossu en avait eu marre, il s'était mis à chasser les enfants. Sa voix grinçante les avait effrayés, ils criaient en prenant leurs jambes à leur cou. Le bossu, malingre et maladroit, ressemblait à une marionnette possédée, ses jambes et ses bras allant dans toutes les directions. Sa bosse créait une ombre sinistre, le poursuivant avec obstination. Sans elle, on ne l'appellerait pas le bossu, on aurait peut-être appris son prénom. Alors, ce jour-là, il chassait les petits démons qui l'avaient traqué quelques minutes plus tôt. Ce qu'il en avait fait une fois qu'il les avait rejoints, personne ne l'a jamais su...

Sa voix grinçante me tire de mon souvenir.

— Tu joues de la belle musique.

Le bossu me demande de continuer à jouer. Il sourit, un éclat passe dans ses yeux. De la malice ? Il fixe intensément la guitare. J'ai soudainement peur que, si je ne lui obéis pas, il... j'ai un haut-le-cœur.

Pourtant, le bossu n'a pas l'air de santé robuste et je me demande comment il pourrait bien faire du mal à quelqu'un avec des bras si minces. Avec peu d'effort, je pourrais le renverser d'un simple coup de souffle. Ces pensées cèdent de nouveau la place à la crainte. Après tout, les adultes ont toujours raison.

Sous son regard pénétrant, mes doigts trébuchent d'abord sur les cordes, mais finissent par suivre allègrement la mélodie. Je joue, je joue, fredonnant l'air comme je le faisais avant que le bossu ne s'arrête devant ma maison.

À la fin de la chanson, il tape des mains. Son sourire est chaleureux, le pétillement dans ses yeux, joyeux. Il a l'allure d'un enfant qui vient d'assister à un spectacle de magie. Je suis confuse.

— Françoise, viens dîner !

Maman ! Oh, si ma mère me voyait en présence du bossu...

— Merci, dit-il.

Sa voix me paraît tout à coup moins perçante, mais je ne peux ouvrir la bouche. Je me lève et rentre dîner.

Chez Gertrude Lebrun
(Des fleurs enveloppées dans des nécrologies)

GERTRUDE se regarde longuement dans le miroir. Dévoiler la vie secrète des autres, ce n'est pas ainsi qu'elle envisageait les choses après le départ de ses enfants. Elle revoit le large sourire d'hyène de Mathilde, le dimanche matin où celle-ci l'avait abordée après la messe pour la première fois. Gertrude avait accepté de faire partie de ce petit groupe de femmes. Elle ne connaissait personne depuis son emménagement sur la rue des Ormes.

Dès qu'elle entend la sonnette, elle accourt pour ouvrir.

— Ouf ! C'était le temps que t'ouvres, dit Mathilde en agitant frénétiquement un éventail devant sa face. Y fait chaud à cuire un œuf sur le ciment !

Berthe, qui sue à grosses gouttes, tire sur le col de sa blouse quatre, cinq fois pour s'éventer aussi.

— Mets donc la *fan*, propose Lucille.

Gertrude traîne le ventilateur dans la cuisine et l'allume. Les trois invitées soupirent de soulagement.

Berthe fronce les sourcils en montrant du doigt, au centre de la table, la collation préparée par Gertrude.

— C'est quoi, ça ?

— Du melon d'eau.

— Pas de carrés ? Pas de sucreries ?

— Le melon d'eau est sucré, hésite Gertrude.

— Oui, mais...

— J'ai pensé que le melon serait plus léger...

— Tu nous trouves trop grosses, c'est ça ? fulmine Berthe.

— Non, non ! C'est qu'il fait si chaud...

— Le melon d'eau, c'est parfait, tempère Lucille. Sers-nous un café.

— Euh...

— Pas de café ? C'est le comble !

— Vu qu'il fait chaud, j'ai... je... ben, le thé glacé, c'est rafraîchissant.

— Du *iced tea* ? tonne Berthe. Y manquait plus que ça après la semaine de chienne que j'ai eue !

Et, faisant fi de tout protocole, elle se dandine vers la cuisinière pour préparer le café.

— Qu'est-ce qui est arrivé ? demande Gertrude.

— Mon Maurice m'a annoncé qu'il sort avec Jeannine, la joueuse d'orgue à l'église.

— Ben, tu voulais qu'il se trouve quelqu'un.

— Pas cette patapouffe ! J'voulais qu'y se trouve une fille qui a de l'allure.

— Comme Caroline Duval ?

Berthe serre ses lèvres tellement fort qu'elles en blanchissent. Elle sort quatre tasses de l'armoire. Pendant qu'elle s'affaire, Mathilde prend une tranche épaisse de pastèque, la mord à pleines dents. Le jus coule sur son menton mais, au lieu de l'essuyer, elle le ravale bruyamment.

— Et voilà pourquoi faut pas servir de melon d'eau aux invitées ! aboie Berthe en revenant avec la cafetière et les tasses. Faut être cruche pour pas savoir ça.

Gertrude refuse le café. Mathilde et Lucille, la bouche pleine, font signe à la doyenne d'emplir leurs tasses.

— 'Cou donc, Gertrude, commence Mathilde, j't'ai vue l'autre jour pas loin de l'Épicerie Martel avec, oh, comment qu'elle s'appelle...

Pendant que Mathilde fait claquer ses doigts pour remettre sa mémoire en marche, le cœur de Gertrude bat la chamade.

— Son mari travaille à l'usine de moustiquaires... continue Mathilde.

— Ah, madame Berger, dit Lucille.

— Elle aime pas qu'on l'appelle madame Berger. Elle s'appelle Noëlle.

Les trois autres femmes échangent un regard discret. Berthe, qui s'est finalement servie de melon, laisse dégouliner le jus sur ses mentons jusqu'à ce qu'une goutte rosâtre s'écrase sur sa blouse blanche.

— Tu la connais bien alors, Gertrude ? demande-t-elle.

— Depuis combien de temps ? demande Lucille.

— Pourtant, tu nous en as jamais parlé, dit Mathilde, une pointe de jalousie dans la voix.

Gertrude a le front et les mains moites.

— Je la connais depuis quelques mois.

— J'pensais qu'on était amies...

Mathilde prend une petite gorgée de café et redépose durement la tasse. Berthe scrute la maigrichonne des yeux, puis reprend de la pastèque. Lucille secoue la tête, incrédule.

— Quand j'vous ai vues, toi et madame... Noëlle... j'ai vu qu'elle avait un bleu sur la joue. Qu'est-ce qu'y est arrivé ?

Les trois commères attendent une réponse. Gertrude s'éponge le visage, tète sa paille. Son verre est vide.

— Qu'est-ce qu'elle a, ton amie ? glapit Berthe.

— Elle est tombée, chuchote Gertrude.

— Tombée ? ricane Lucille. C'est une farce ! D'après moi,...

— Oui, tombée. Dans l'escalier.

Mathilde rit aux éclats.

— Si c'est le cas, cette fille est maladroite comme pas deux !

— Non, est poquée trop souvent. Tu nous caches que'que chose.

— Ouain, ça tient pas debout.

Les trois femmes fixent leur hôtesse pour tenter de la faire parler, mais Gertrude garde la bouche cousue. Elles se servent de melon et, pendant qu'elles s'en gorgent, le jus coulant entre les doigts, Gertrude se lève, remplit son verre de thé glacé et boit à grandes lampées.

Des fleurs
enveloppées dans des nécrologies

NOËLLE BERGER écrase sa cigarette en exhalant un long fil de fumée. Une jambe recroquevillée sous l'autre, elle essaie de s'installer confortablement sur la vieille chaise de cuisine. Elle s'éclaircit la gorge, se lève pour aller cracher dans l'évier. Elle traîne ses pieds, se laisse de nouveau tomber sur la chaise. Elle passe un doigt dans la déchirure de la moustiquaire en grognant. Merde, Philippe ne l'a pas encore réparée. Pourtant, elle le lui a demandé elle ne sait combien de fois.

Noëlle prend une autre cigarette du paquet qui trône sur la table où elle est assise depuis déjà deux heures. Il faudrait vraiment qu'elle cesse de fumer, mais elle ne saurait plus que faire de ses mains. Elle rit en pensant à la fois où elle a essayé d'apprendre à tricoter il y a quelques années. Elle était à peine arrivée à confectionner une écharpe. Son mari lui avait dit qu'elle ne valait rien. Elle ne rit plus.

Noëlle fait tourner la molette de son briquet à trois reprises avant que la flamme prenne vie et que l'odeur de butane s'élève. Elle tire doucement sur sa cigarette, expire la fumée en formant des ronds parfaits. Ça, elle sait faire. Elle est imbattable aux ronds de fumée. Même son mari ne sait pas les faire. Qu'il ne vienne pas lui dire qu'elle est bonne à rien !

Par la fenêtre, elle entend crier des enfants qui jouent. Elle les observe en souriant faiblement. « Même pas capable de faire un enfant », lui a-t-il dit à maintes reprises, mais la dernière fois, elle avait eu envie de rétorquer : « C'est toi qui en es pas capable, pauvre con ! » et lui avouer qu'elle avait déjà eu un enfant avant de le connaître. Mais elle avait déjà mangé assez de coups comme ça.

Noëlle pose la cigarette au bord du cendrier, fait craquer ses jointures. Elle tourne un regard distrait vers la cigarette, suit les volutes de fumée jusqu'aux fissures dans le plafond. Faudrait réparer ça aussi...

Ça pue constamment le tabac chez eux : elle fume un paquet de cigarettes par jour. Elle est femme au foyer, le travail lui étant interdit depuis son mariage. Quand elle a compris qu'elle n'aurait pas d'enfant de Philippe, elle lui avait demandé si elle pourrait garder des petits chez eux. « J'fais vivre la famille, le bébé viendra, attends un peu. » Les années avançaient, toujours rien. « Vieille brindille sèche », lui a-t-il craché l'autre jour.

Elle se racle encore la gorge, tire encore sur sa cigarette, fait encore des ronds de fumée parfaits, tousse encore. Son corps maigre est fatigué ; son ventre, nerveux... Elle sait qu'elle pousse parfois Philippe jusqu'à l'emportement. Les coups pleuvent quoi qu'elle fasse, alors aussi bien brasser la cage pour faire enrager la bête. Ensuite, la paix règne un certain temps.

Noëlle se redresse, se cambre et tend les bras vers le ciel. Elle étire la jambe qu'elle avait repliée pour se débarrasser des picotements. Elle tapote la cigarette, la fait tourner dans le fond du cendrier, la tète une dernière fois, ne fait pas de rond cette fois, puis écrase le mégot.

Une petite brise entre et rafraîchit un peu la pièce. Ça fait du bien. Noëlle tourne ses yeux vers le sol, il est sale. Il faudrait qu'elle se mette à ses tâches avant le retour de Philippe. Autrefois, elle vaquait à ses occupations avec ferveur. Plus aujourd'hui. Elle lorgne la dernière cigarette. Un paquet par jour pendant un an, ça revient à combien...

Dehors, les enfants ne jouent plus, il est midi. La rue s'est calmée, la température a grimpé encore un peu. Elle ferme la fenêtre, allume le ventilateur. Elle dîne, décide de désherber la cour bien qu'il y ait beaucoup de travail à faire à l'intérieur.

À mesure que l'après-midi avance, l'anxiété s'empare d'elle, ses doigts se mettent à trembloter. L'Épicerie Martel est juste à côté, elle pourrait y faire un saut pour s'acheter d'autres cigarettes. Ou elle pourrait ne plus jamais fumer et faire des économies. Partir un jour. Sa poitrine se soulève avec effort, elle respire difficilement. Le tabac est son dernier plaisir. Un plaisir qui tue à petit feu, soit, mais un plaisir tout de même. Elle happe son sac à main et quitte la maison.

Monsieur Martel dévisage cette femme aux cheveux hirsutes et aux yeux effarés qui entre dans son magasin.

— Du Maurier, pousse-t-elle entre ses dents.

Monsieur Martel lui tend le paquet. Elle secoue vigoureusement la tête, les sourcils serrés.

— Une cartouche, lâche-t-elle, la main à la gorge.

Elle ouvre son porte-monnaie, mais constate qu'il ne lui reste que quelques pièces. Elle se résigne alors à prendre un seul paquet et vide le porte-monnaie sur le comptoir faisant rebondir les pièces. Elle tente de les rattraper, les couvrant de sa poitrine plate, les rassemble, compte l'argent. Vingt-cinq cents, trente cents, trente-cinq... L'épicier l'observe, son regard mêlé de compassion et de mépris. Penaude, elle glisse l'argent vers le commerçant. Il lui annonce le prix, elle n'a pas la somme requise.

— Pitié, monsieur Martel, implore-t-elle, les yeux tristes et hargneux en même temps.

— Désolé, madame Berger.

Elle déteste qu'on l'appelle madame Berger, ça la vieillit. Noëlle fouille ses poches avec acharnement à la recherche des pièces manquantes, tout en sachant que c'est futile, elle ne met jamais rien dans ses poches. Elle halète à présent, les yeux exorbités, les doigts cramponnés au bord du comptoir. Monsieur Martel, qui a cessé de fumer il y a cinq ans et qui jure qu'il n'a jamais agi de la sorte, la trouve ridicule. Elle retourne son sac à main, tout en tombe : rouge à lèvres, tampons, clés et autres objets disparates. Un sourire illumine son visage en découvrant les pièces qu'il lui faut.

— Oh, voilà ! chantonne-t-elle.

Pour toute réponse, monsieur Martel met l'argent dans la caisse. Noëlle quitte le magasin d'un pas léger.

De nouveau assise à sa minuscule table de cuisine, elle allume une cigarette, toussote. Sa bouche est empâtée, elle lâche un sifflement, dépose la cigarette. Elle la regarde se consumer et, quand les cendres rattrapent le filtre, elle reprend la cigarette. Tout à coup, elle entend le cliquetis de la clé dans la serrure. Elle jette un coup d'œil à l'horloge – le temps a filé ! Elle se met à laver la table, la vaisselle, n'importe quoi.

— Salut, chérie, fredonne Philippe en lui tendant un bouquet.

Elle se sent coupable d'avoir eu de mauvaises pensées à son égard aujourd'hui, il peut être si fin des fois.

— Merci, balbutie-t-elle, les yeux baissés.

Philippe prend son petit menton entre son index et son pouce, l'obligeant à le regarder. Il l'embrasse, un peu durement au début puis avec tendresse. Elle rit, la moustache fournie de son mari lui chatouille les lèvres.

— T'es ma femme, lui dit-il. Je t'aime, okay ?

Pourtant, juste hier...

— J'vas me laver et me changer. J'commence à avoir faim, j'veux souper bientôt.

Et il grimpe l'escalier, trois marches à la fois.

Noëlle déballe les fleurs. Elles sont enveloppées dans les nécrologies du jour. Elle lit une notice en s'apitoyant momentanément sur la famille qui vient de perdre son patriarche, un homme aimant à ce qu'il paraît. Une colère inexplicable monte en elle. Faut bien mourir un jour. Elle fout le papier journal à la poubelle et flanque le bouquet – des œillets, comme elle déteste les œillets ! – dans un vase qu'elle emplit d'eau fraîche et met sur la table.

Elle épluche à toute vitesse des pommes de terre, les coupe grossièrement, les lance dans une casserole d'eau. Elle sort du frigo le bœuf haché, le balance dans la poêle avec du beurre. Elle sort des pois du congélateur et les plonge dans de l'eau bouillante. Elle dresse la table, retourne à la poêle. Le gras de la viande l'éclabousse à la clavicule où une petite cloque rouge ne tarde pas à se former.

— Ayoye ! laisse-t-elle échapper au moment où Philippe descend.

— Qu'est-ce qu'y a ?

Noëlle sursaute en entendant la voix de son mari. Elle lui explique ce qui vient de lui arriver.

— T'es tellement gauche.

Elle ne répond pas. Elle éteint les éléments de la cuisinière, sert son homme. À la première bouchée, Philippe fait la grimace.

— Beurk ! Ça a pas de goût !

— Oh, j'ai oublié d'assaisonner la viande.

Noëlle se lève précipitamment pour aller chercher le sel et le poivre, qu'elle offre à Philippe.

— J'm'excuse, j'étais pressée, j'ai oublié...

— Pressée ? Qu'est-ce que tu faisais toute la journée ?

Noëlle a le cœur dans la gorge.

— T'avais toute la journée pour penser à un bon souper.

— Tu l'aimes pas ? Veux-tu que j'te prépare autre chose ?

Philippe pousse son assiette, croise les bras.

— J'ai faim, mais j'peux pas manger cette cochonnerie. Toi ?

— Je, j'ai, j'ai pas tellement faim.

— Mais tu vas la manger, dit-il d'une voix effroyablement calme.

Il prend une grosse fourchette de viande et la catapulte à la figure de sa femme. Noëlle lâche un cri et s'essuie immédiatement le visage en pleurant ; la viande est encore chaude. Philippe lance une deuxième fourchette du mélange, puis une troisième, en riant.

— Arrête ! hurle Noëlle.

Philippe cesse de rire. Il se rue sur sa femme, lui saisit le bras.

— Tu donnes pas d'ordres ! C'est moi qui mène icitte !

Noëlle continue à pleurer.

— Mange-la, ta maudite ordure !

Il lui enfonce une grosse poignée de viande dans la bouche. Noëlle s'étouffe, Philippe balaie la table de la main, envoie sur le sol le reste du souper et le vase qui éclate en mille morceaux.

— Nettoie ça, salope.

Il quitte la maison en claquant la porte. Noëlle reste figée quelques secondes en écoutant la voiture s'éloigner. Elle jette les morceaux du vase à la poubelle, met les fleurs dans un verre, récure le sol, la table, la cuisinière. « Tu n'avais qu'à faire ton ouvrage aujourd'hui, maudite paresseuse », se sermonne-t-elle.

Elle sent enfler sa lèvre supérieure. Elle aura l'air d'un boxeur, encore une fois. Elle devra expliquer, encore une fois, à ses amies qu'elle est tombée contre sa commode ou quelque autre meuble. Elle n'est plus sûre que ses amies gobent ses histoires. Elle allume une cigarette, jette un coup d'œil aux œillets. Sa lèvre ecchymosée se met à frémir.

Beaucoup plus tard, toujours assise dans la cuisine, elle entend rentrer son mari. Il monte à leur chambre à coucher, lui intimant l'ordre de le suivre. Sa voix est brouillée, il a sans doute bu. Prise de dégoût, Noëlle écrase sa dernière cigarette.

CHEZ MATHILDE FONTAINE
(DOUX JOURS)

— MADAME CHAMPAGNE a appelé hier pendant que t'étais sortie, dit Gilles, rouge de colère.

Mathilde fait l'aller-retour entre le comptoir et la table, la mine furibonde. Son mari la talonne.

— J't'ai déjà dit d'arrêter d'achaler tout le monde sur la rue !

— Vis ta vie et laisse-moi vivre la mienne !

— Le problème, c'est que, en vivant ta vie, tu fais chier les autres. Madame Champagne était pas contente que t'ailles chez elle chialer contre sa fille.

Mathilde s'arrête brusquement et dévisage son mari.

— Alors, j'suis supposée de laisser les jeunes commettre des fautes irréparables ? Quand les parents font pas leur job, c'est à la communauté d'y voir ! J'faisais mon devoir de chrétienne !

Gilles s'esclaffe en se tenant les côtes tandis que sa femme continue à dresser la table.

— Pis toi, t'es sainte nitouche ? Tu me gueules toujours des insultes, tu me rabaisses devant mes amies. Franchement, tu me fais honte ! invective Mathilde.

— Tu veux parler de honte ?

La sonnette met fin abruptement à la dispute. Gilles s'éclipse en secouant la tête. Mathilde s'asperge le visage d'eau froide et allume le ventilateur avant d'ouvrir la porte.

Mathilde coupe un quatre-quarts sans délicatesse et flanque les tranches sur les assiettes qu'elle fait glisser sur la table, obligeant ses amies à les attraper pour se servir. Elle verse le café sans soin, éclaboussant sa belle nappe. Gertrude suit la scène avec intérêt en prenant une bouchée du gâteau dense. Berthe remue tranquillement deux cubes de sucre dans son café. Mathilde se laisse enfin choir sur une chaise et pousse une plainte. Lucille, qui la connaît depuis l'enfance, met une main sur son bras.

— Gilles est derrière tout ça ?

Mathilde hoche la tête.

— Fais-toi-z-en pas, les hommes comprennent rien aux femmes.

Mathilde retire son bras, plisse le visage. Facile à dire, c'est Lucille qui a eu le bon parti.

— De toute façon, yé pas là pour nous écœurer en ce moment, on est libres de jaser, avance Berthe. Ça me fait penser, j'ai appris que Monique St-Vincent, vous savez, celle avec Léon le petit Noir, ben, elle a eu son bébé. Un petit gars, brun chocolat.

— Ça va faire une bonne mère ça, une fille de quinze ans, dit Lucille en roulant les yeux.

— Parlant de filles *lousses*, l'autre jour, j'ai attrapé la petite Maude Champagne... commence Mathilde.

— Celle qui joue du violon ?

— Oui, et c'est clair qu'elle apprécie pas le sacrifice que ses parents font pour elle.

— Si vous voulez mon avis, les enfants sont trop gâtés de nos jours, lance Berthe, c'est pour ça que les jeunes filles savent pu se retenir !

— Hmm, hmm.

— C'est bien la mère de Maude qui donne les cours de dessin chez elle ? demande Gertrude. Celle qui a des idées stupides ?

— Oui ! répond Mathilde. C'est proche de chez elle que j'avais rencontré madame Boulet, vous savez, la veuve du cancéreux, et...

— ... cette même femme fait des sacrifices pour sa fille ? demande la grande maigre sur un ton innocent.

— Gertrude, une personne peut avoir le caractère douteux et faire quand même des sacrifices pour son enfant, intervient Berthe, cramoisie.

Lucille et Mathilde hochent la tête. Gertrude hausse les épaules, prend une deuxième tranche de quatre-quarts. Berthe passe ses mains sur ses joues, elle ne comprend pas comment cette femme peut tant manger, elle doit avoir un ver solitaire dans le corps ! Mathilde poursuit son récit.

— En tout cas, j'ai pogné la petite gueuse en train de...

Gilles fait irruption dans la cuisine. Il toise les femmes, Mathilde retient son souffle.

— Tiens, tiens, les quatre commères de la rue des Ormes.

— On jase, veux-tu ben nous laisser tranquilles !

— Ach, vous bavassez contre tout le monde.

— Pas contre tout le monde, répond poliment Gertrude, mais contre pas mal de monde.

Les trois autres femmes ouvrent la bouche de stupeur. Gilles se verse un café et prend une tranche de gâteau, qu'il a le culot de manger à la table avec les commères. Embarrassées, Berthe, Mathilde et Lucille baissent les yeux. Gertrude sirote son café.

DOUX JOURS

MAUDE CHAMPAGNE prend l'archet délicatement entre ses doigts et son pouce. Elle effleure la mèche, la pose sur les cordes du violon. Les ouïes envoient flotter un essaim de notes gracieuses dans l'air. Le va-et-vient prend de la vitesse, les notes deviennent plus pures, plus aigües – des cris de plaisir. On ne voit presque plus la main de Maude, l'instrument vibre sous sa frénésie.

L'archet sautille maintenant, entraînant dans sa danse le coude et le poignet de l'adolescente. Son menton appuyé sur la mentonnière, le reste de son corps bouge à peine. À quatorze ans, Maude est déjà une virtuose du violon. Elle joue depuis toujours, elle ne se souvient pas de ne pas avoir eu d'instrument. Mais se taper quatre heures de répétition par jour, non merci ! Le concours qui aura lieu au début de septembre ne l'intéresse pas pour le moment. Il y aura d'autres concours, est-elle obligée de s'atteler à celui-là ?

Ce matin, Maude a chaussé ses nouvelles Puma bleu ciel décorées de la jolie courbe bleu royal, une récompense de ses parents pour avoir réussi avec brio son année scolaire. Elle pense seulement à aller montrer ses Puma à Gaétan, le garçon qu'elle aime, et à Fiona, sa meilleure amie. Fiona n'a pas les mêmes obligations que Maude. Elle est plutôt libre l'été. « Chaque chose dans sa case, n'est-ce pas Maude ? », lui rappelle souvent sa mère. Maude ne savait pas qu'il y avait tant de cases à remplir dans une journée : elle tond le gazon, elle désherbe les plates-bandes, elle aide à préparer les repas, à faire la lessive, à nettoyer la maison... enfin, la liste est interminable. Pas étonnant qu'elle n'aime plus les vacances d'été. Au moins pendant l'année scolaire, il y a les récrés pour la distraire.

À la fin de l'exercice, de petites perles de sueur constellent le front de Maude. Elle range soigneusement le violon puis tourne les talons. Elle ne veut pas poser un regard trop appuyé sur le violon ; elle a cru le voir haleter, essoufflé après tant d'effort. Elle part vite, sachant qu'elle devra revenir après le dîner.

Ses nouvelles Puma crissent sur le bois brillant, ce qui la fait sourire. Elle pénètre dans la cuisine où sa mère coupe des oignons pour faire une soupe.

— On ne porte pas les chaussures dans la maison, dit sa mère sans lever les yeux.

Maude enlève ses Puma en grommelant, puis demande à sa mère :

— Je pourrais aller chez Fiona ?

— Maude, si tu veux réussir dans la vie, tu dois travailler fort. Je n'avais pas de si belles occasions à ton âge, dit sa mère en lui tendant l'épluche-légumes et des pommes de terre.

— Tu dis toujours ça, on croirait que t'as jamais rien eu à mon âge !

— Ne rouspète pas. Estime-toi heureuse d'être enfant unique et d'avoir de si grands privilèges.

— De si grands privilèges ! De si grandes privations plutôt ! Je vois plus jamais Fiona, j'ai pas le droit de faire des choses normales comme mes amies. Je suis toujours en train de travailler ou de jouer du violon.

— Tu es douée, Maude, et tu dois assumer la responsabilité de ce don. Tu as énormément de chance d'avoir un si grand talent.

— Un talent qui m'emprisonne dans une petite maison avec des parents trop vieux !

Maude lance l'épluche-légumes, qui résonne dans l'évier. Elle quitte la cuisine et claque la porte de sa chambre derrière elle.

Le lendemain matin, tout recommence pour Maude. Avant même de sortir son violon, elle doit cueillir une botte de laitue du jardin et arracher les mauvaises herbes dans le potager pendant que sa mère fait du ménage à l'intérieur. Il fait chaud aujourd'hui, Maude voudrait se prélasser au soleil en bikini comme les autres filles de son âge. Elle rentre, pose la laitue sur le comptoir, se rend au salon, comme elle l'a déjà fait des centaines, voire des milliers de fois, prend le violon et l'archet. Malgré tout, lorsqu'elle joue, elle ne fait qu'un avec son violon, elle se sent comblée. Il n'y a qu'elle qui puisse le faire chanter ainsi et, elle doit se l'avouer, elle l'aime à tout craquer.

Mais elle a quatorze ans, il n'y a pas que ça dans la vie. Elle veut voir ses amies, passer du temps avec les garçons. Même si les garçons de son âge ont peur de sa vive intelligence ou sont trop cons pour apprécier son talent. Sauf Gaétan. Gaétan, aux cheveux bruns et ondulés jusqu'aux épaules, aux yeux bleus perçants, qui, un jour, lui a soufflé une bise de l'autre bout de la salle de classe.

Elle joue la dernière note et pose l'instrument.

— Maude, viens mettre la table !

Sa mère a le don de l'appeler au moment même où elle termine sa répétition. Aucun répit ! Elle a juste envie de courir loin, loin, se retrouver là où il n'y a plus de gammes, plus de Mozart, plus de cases à remplir.

Deux jours plus tard, sa mère permet à Maude d'inviter Fiona à dîner, si elle promet de renvoyer son amie chez elle après. Maude chuchote avec sa meilleure amie au téléphone. « Elles parlent peut-être d'un garçon », se dit sa mère, qu'un doux souvenir lointain vient effleurer.

Fiona arrive à l'heure prévue, les filles s'installent à la table. De temps à autre, quand la mère de Maude a les yeux tournés vers son sandwich de Velveeta, les amies échangent un regard complice.

— Maman, Fiona pourra rester pendant que je joue du violon ?

— Non, Maude, Fiona devra partir. Tu prépares le grand concours, il faut que tu te concentres à cent pour cent.

— Hmm, hmm, je sais, répond Maude en faisant un clin d'œil à Fiona.

Fiona rentre chez elle tandis que Maude traîne les pieds jusqu'au salon. Après environ une demi-heure, celle-ci cesse de jouer, tourne vers l'instrument un regard mêlé de compassion et d'amertume. Doucement, elle laisse glisser le manche entre ses doigts, mais le ressaisit avant que l'instrument tombe. Elle lève le bras, retient son souffle, puis laisse tomber brutalement le violon sur le sol. Un craquement sonore se fait entendre, le chevalet se casse en deux et glisse sur le plancher. Maude regrette aussitôt ce qu'elle a fait, mais elle ne peut plus rebrousser chemin. Tout émue, elle ramasse les morceaux du chevalet et l'instrument, et va trouver sa mère dans la cuisine. Madame Champagne regarde tendrement sa fille déconfite.

— Ne t'inquiète pas chérie, on le fera réparer. En attendant, va jouer un peu avec Fiona, ça te fera du bien.

Maude est ravie de la tournure des évènements, même si elle a aussi un peu honte. Comme sa mère ne conduit pas, son père devra apporter le violon chez le luthier demain et aller le chercher dès qu'il sera réparé. Elle peut compter sur au moins une journée entière de liberté, en plus de cet après-midi. Il est vrai qu'elle devra récupérer le temps perdu, mais peu lui chaut en ce moment.

Maude met quelques affaires dans un sac et se rend chez sa meilleure amie en courant.

— Oh, j'aime tes chaussures, lance Fiona d'un air radieux. Chanceuse !

Dans la chambre de Fiona, Maude sort de son sac un short de denim très court et une blouse aux fines bretelles. Fiona couine de plaisir et tape des mains en voyant l'ensemble de sa copine. Maude enfouit son t-shirt et ses jeans dans son sac, puis les filles se maquillent soigneusement avant d'aller au parc.

Sous le plus grand orme, Aimé et Gaétan les attendent. Fiona et Aimé empruntent un sentier ; Maude et Gaétan un autre.

— Hé, t'as les mêmes Puma que moi ! s'étonne Gaétan.

— Oui, je sais, c'est pour ça que je les ai demandées à mes parents.

Les deux jeunes rougissent et se prennent par la main. Ils suivent en silence le sentier bordé d'arbres. En découvrant un bosquet, Gaétan tapote le sol pour inviter Maude à s'asseoir à côté de lui. Un peu anxieuse, elle commence à raconter, dans un flot de mots qui se bousculent les uns les autres, le tour que Fiona et elle ont concocté pour passer l'après-midi ensemble sans que sa mère ne se doute de rien. Gaétan prend son visage dans ses mains et plaque ses lèvres contre celles de Maude. Après le long et doux baiser, elle prend une grande goulée d'air. Gaétan lâche un petit rire nerveux, Maude se blottit contre lui. Ils s'embrassent encore, parlent de musique et d'études, poursuivent leur promenade, s'embrassent de nouveau. Tout à coup, ils entendent un bruissement derrière eux. Les jeunes se retournent à temps pour voir madame Fontaine s'éloigner aussi vite que ses grosses jambes le lui permettent. Peu de temps après, les quatre jeunes se retrouvent sous l'orme. Les garçons repartent dans un sens ; les filles, dans l'autre.

En se débarbouillant le visage chez Fiona, les adolescentes comparent les baisers.

— C'était amusant, mais un peu mouillé, avoue Maude.

— Aimé a mis sa langue dans ma bouche.

— É-CŒU-RANT !

Et elles pouffent de rire. Maude change de vêtements. Les copines se promettent de retourner voir les garçons le lendemain pendant que le père de Maude apportera son violon chez le luthier.

Sur le chemin du retour, Maude rêve à Gaétan, aux beaux baisers, à la moiteur de leurs mains, à leurs Puma assorties. Il lui semble que les oiseaux chantent pour elle seule et elle gambade jusque chez elle. Puis, lui reviennent en mémoire les grosses jambes de madame Fontaine qui fuyait...

Comme Maude approche de sa cour, elle croit voir la grosse bonne femme s'engouffrer dans sa maison. Non, ses yeux la trompent, n'est-ce pas ? L'adolescente entre dans la maison, se faufile dans le salon, dépose son sac de vêtements et c'est alors qu'elle entend la voix cassante de Mathilde Fontaine.

— Vous savez, madame Champagne, j'suis pas du genre à me mêler de ce qui me regarde pas, mais j'pense que j'dois quand même vous mettre au courant.

— ...

— C'est que votre fille est... sur une pente savonneuse.

— Une pente savonneuse ?

Maude se poste dans le couloir près de la cuisine.

— J'l'ai vue aujourd'hui avec un jeune garçon, Gaétan Tremblay. Au parc. Dans un bosquet. Assis très, très proche l'un de l'autre, dit madame Fontaine, un sourire à peine perceptible aux lèvres.

Madame Champagne se rembrunit.

— Que faisaient-ils ? demande-t-elle lentement.

— J'vais peser mes mots parce que j'aime pas raconter ce genre d'histoire, madame Champagne, j'suis une grande sensible, vous savez.

La mère de Maude ne réagit pas, madame Fontaine poursuit.

— Les mains du jeune Tremblay, euh, bien, elles rôdaient un peu partout, si vous voyez ce que j'veux dire. Malheureusement, les vêtements de votre fille y étaient pour quelque chose.

La bouche de Maude tombe. La vieille chipie !

Sa mère demeure immobile sur sa chaise, la gorge sèche.

— Elle était en jeans et t-shirt, madame Fontaine, rien de bien énervant, à ce que je sache, dit-elle, le visage un peu pâle.

— Madame, j'suis désolée de vous l'apprendre, mais votre fille Maude... oh, je sais pas si j'ose le dire, par respect pour votre pudeur et la mienne, mais en même temps, j'pense que les choses doivent se dire... Votre fille portait... eh bien, elle portait un short très court et une petite blouse, rien de plus, dit la commère en chuchotant ces derniers mots.

— Comment ?

— Comme j'vous l'ai dit, j'aime pas parler de ces choses-là...

Elle ferme ses yeux et agite ses mains comme pour chasser une image affreuse.

— ... mais je sais que vous voulez pas qu'elle devienne une fille *lousse* comme la pauvre petite St-Vincent qui est devenue enceinte cette année, elle a juste quinze ans vous savez ! Oh, là, là, j'ai pitié de la jeunesse d'aujourd'hui, pas de repères, on dirait. Tss, tss, tss.

Madame Champagne ne sait pas où se ranger. Elle s'inquiète que sa fille suive les traces des adolescents communs, qu'elle abandonne la musique comme elle-même l'a fait à son âge.

Maude entre en trombe dans la cuisine. Rouge de colère, elle ouvre la bouche pour dire quelque chose, mais sa mère l'interrompt.

— Maude, madame Fontaine vient de me raconter quelque chose de désolant. Qui est Gaétan Tremblay ?

— Depuis quand écoutes-tu cette vieille sorcière ? lâche Maude.

— Quelle insolence ! rétorque la commère, le ton exagérément outré.

Elle pince ses lèvres en cul-de-poule, repose ses mains sur sa grosse bedaine.

— Madame Fontaine a raison, Maude, excuse-toi.

Maude observe la commère : une boule de bowling, avec une tête dotée de trois, quatre mentons. Une femme effrontée, en plus. Non, elle ne va pas s'excuser, elle la déteste !

— Maude ! jappe sa mère.

Les yeux de Maude rétrécissent.

— Je m'excuse, madame. Maintenant, je m'en vais voir Fiona.

Elle chausse ses Puma bleu ciel, serre les lacets. Madame Fontaine s'empresse de continuer – pas question que la fille s'échappe maintenant !

— J'espère qu'elle s'en va pas voir ce garçon mal élevé, dit-elle, feignant l'inquiétude.

— Où vas-tu, Maude ? demande sa mère.

— Voir Fiona.

Madame Fontaine veut dire quelque chose, mais la porte s'ouvre. Monsieur Champagne rentre, le violon sous le bras. Il n'arrive pas à croire sa chance, il a eu le temps de venir prendre le violon à la maison pendant l'absence de Maude et de l'apporter chez le luthier.

— Je lui ai expliqué que tu prépares un concours et il a mis ton violon à la tête de la liste ! Regarde ! s'exclame-t-il, un énorme sourire fendant son visage. Il a tout de suite remplacé le chevalet ! Ça m'a coûté un peu plus cher, mais ça a valu la peine... Tu pourras maintenant répéter sans avoir à récupérer trop de temps.

Maude essaie de montrer de la reconnaissance, mais sa bouche n'arrive à dessiner qu'une ligne droite et plate.

— Bon, alors, tu peux faire ta répétition, dit madame Champagne.

Monsieur Champagne aperçoit alors madame Fontaine, son sourire fond. La tension dans la petite cuisine est palpable. Le père de Maude tend l'instrument à sa fille, qui le prend et va le poser sur son support dans le salon. Son père la suit, voit du coin de l'œil son sac, lui demande comment a été sa journée. Sans répondre, elle retourne à la cuisine et regarde sa mère droit dans les yeux.

— Je répète pas aujourd'hui.

Madame Fontaine s'ébroue comme une bufflesse. Monsieur Champagne fronce les sourcils.

— Qu'est-ce qui se passe ?

— Maude, sois raisonnable, dit sa mère.

— Madame Fontaine, vous êtes là pour quelle raison ?

— Vous voulez vraiment le savoir, monsieur Champagne ?

— Reste à la maison et prépare-toi pour le concours ! s'écrie madame Champagne.

— Oui, j'aimerais bien savoir ce qui se passe, répond le père.

— J'veux passer du temps avec Fiona et madame Fontaine a raconté une menterie à mon sujet, voilà ce qui se passe !

Madame Fontaine a l'air très déçue, elle a perdu l'attention du père qui se tourne vers sa fille.

— Quel genre de mensonge ?

— Oh, papa, c'est pas important.

— C'était vraiment un mensonge ? demande sa mère.

— Non ! beugle la commère.

Les Champagne tournent le regard vers la dame. Les parents se retournent pour étudier leur fille, qui a baissé la tête. Se rappelant ce qu'il a vu tantôt, le père va au salon et revient aussitôt, le sac de Maude au bout du bras.

— Qu'est-ce qu'il y a, là-dedans ?

— Rien !

— J'gage que vous allez trouver que'que chose de surprenant, dit madame Fontaine.

— Madame Fontaine, vous pouvez partir maintenant. Vous m'avez tout raconté, il reste plus rien à ajouter, dit la mère de Maude sur un ton sans réplique.

Madame Fontaine se lève, agite son index en direction de Maude mais n'ajoute rien. Elle passe à côté de monsieur Champagne en chaloupant et fait tomber le sac de Maude qui se vide de son contenu. Les parents sont sidérés. La commère montre toutes ses dents et quitte la maison.

— Mais c'est quoi, tout ça ? demande le père en prenant dans sa main le petit short de denim.

— Laisse tomber, papa.

— Tu sortiras pas le reste de la semaine, tranche sa mère.

— C'est pas juste ! J'ai pas une vie normale !

— Maude, écoute ta mère et va t'exercer.

Maude retourne au salon, la rage dans le corps. Elle regarde son violon avec une moue de dédain, elle aurait souhaité que le manche ait été cassé, au lieu du chevalet. Elle n'a pas du tout envie de jouer. Gaétan lui manque déjà. Elle en veut à cet instrument, elle en veut à son talent, elle en veut à ses parents ! Elle prend le violon et l'archet, se met à jouer paresseusement. Elle se reprend. L'archet fait grincer les cordes. Maude s'efforce encore pendant cinq minutes, puis range l'instrument. Elle s'en fout du maudit concours !

— Qu'est-ce que tu fais, Maude ? demande sa mère, le ton pointu, en voyant réapparaître sa fille.

— J'ai fini de m'exercer pour aujourd'hui, répond-elle sèchement.

— Maude, s'il te plaît, sois raisonnable. Le violon, le concours ! Maude !

— Reste à la maison, prépare-toi pour le concours, renchérit son père.

— Maude, le violon ! Le concours !

Sa mère ne sait plus quoi dire d'autre, sa plainte sempiternelle devient agaçante. Maude se précipite vers la porte, se tient sur le seuil une fraction de seconde, puis sort en courant sans prendre la peine de refermer la porte. La seule image de Gaétan la propulse vers l'avant.

— Maude ! Maude ! s'époumonent ses parents.

Maude court et court. Leurs voix s'éloignent. Elle sent la liberté la conquérir, ses Puma la transportent, le vent siffle dans ses oreilles. Elle n'entend presque plus les cris de ses parents.

Maude accélère sa course. Ses Puma la font flotter, elle est toute légère. Loin de la rigidité de sa mère, loin de la mesquinerie de madame Fontaine, loin de son violon, elle entend seulement la musique du vent.

Chez Lucille Verrier
(Madame June Lapensée)

LUCILLE laisse échapper de temps à autre un soupir. Elle coupe nonchalamment la tarte aux framboises et sert une pointe à chacune de ses amies. Elle s'assoit, les épaules voûtées, le regard au loin. Berthe rompt le silence.

— Et le café ?

— En trente-quatre ans, y a jamais regardé ailleurs, dit l'hôtesse tout bas.

Berthe ronchonne, se lève pour aller chercher le café en agitant son éventail devant son visage. Elle emplit les quatre tasses et reprend sa place. Lucille ne réagit pas.

— Trente-quatre ans, elle répète.

— Des nuages au paradis ? dit Mathilde, une drôle de lueur dans les yeux.

— Où est Guillaume ? demande Gertrude.

— J'sais pas. Dernièrement, on se chicane beaucoup.

— Ah, oui ? lance Mathilde, avec malice.

Lucille fronce les sourcils. Son amie efface le large sourire qui ornait son visage deux secondes auparavant.

— Qu'est-ce qui s'est passé ? s'informe Berthe.

— Y la regarde tout le temps depuis le début de l'été, répond Lucille, de nouveau dans la lune.

Gertrude avale durement, elle connaît bien cette peine infligée par un homme volage. Elle tripote sa fourchette en regardant son dessert, elle en prendrait bien, mais elle pose l'ustensile à côté de son assiette.

Le silence fait perdre patience à Mathilde.

— Y regarde qui ?

— La voisine. Madame June Lapensée, répond Lucille, la voix croassante. Je sais pas ce qu'il lui trouve !

— J'ai ma petite idée sur ce qu'il lui trouve, moi ! ricane Mathilde.

Lucille observe son amie d'enfance avec des yeux luisants. Elle ouvre la bouche pour dire quelque chose, mais se ravise. Elle toise Mathilde : le corps lourd et mou, elle a toujours jalousé Lucille pour sa silhouette svelte. Et pour Guillaume. Ça, elle l'a toujours su.

— Ah, des femmes comme ça, faut s'en méfier ! C'est des briseuses de ménage, tonne Berthe.

Effarée, Lucille porte ses mains à sa gorge.

— Même mon petit Donald tombe sous son charme quand il la voit !

— Une sorcière, une séductrice, voilà ce qu'elle est, continue la doyenne.

Gertrude froisse discrètement le bord de la nappe entre ses doigts. Mathilde enfourne une grosse bouchée de tarte. Elle prend ensuite une gorgée de café et fait courir sa langue sur ses lèvres.

— Les hommes sont tous faits de la même étoffe, lance-t-elle.

— Mmm, émet Gertrude.

Lucille se tord les mains, elle croyait que Guillaume était différent.

Tout à coup, le visage de Berthe s'illumine.

— Et si on lui tendait la perche, à ta voisine...

— J'la veux pas chez nous ! s'écrie Lucille.

— Non, non, on l'invite pas pour en faire une amie, mais pour la démasquer, dit Berthe avec engouement. Un jour de semaine, quand Guillaume sera au travail.

— Tu penses que ça pourrait marcher ?

Berthe expose son plan. Mathilde acquiesce du bonnet et Lucille retrouve sa bonne humeur.

— Berthe, tu pourrais faire des biscuits ? Donald m'a dit que madame Lapensée adore les biscuits.

Flattée, Berthe accepte. Les pépiements joyeux remplacent le ton maussade. Berthe, Mathilde et Lucille se gavent de tarte aux framboises. Gertrude n'a pas encore touché son morceau.

Madame June Lapensée

UNE RUELLE DE GRAVIER passe derrière la maison des Lapensée et la nôtre. On habite la rue des Ormes, les Lapensée
sont nos voisins. La famille a déménagé il y a quelques mois :
monsieur Maximilien Lapensée, c'est le nouveau professeur à
l'université francophone de notre ville. Sa femme est américaine, elle ne parle pas français. « Encore une Anglaise qui arrive ici et qui s'attend à ce que nous autres, on se plie en quatre
pour lui parler anglais », disent les mauvaises langues du quartier. C'est parce qu'elles sont jalouses de madame June Lapensée. Et il y a de quoi être jalouses !

Madame June Lapensée est LA beauté de la rue des Ormes.
Ses cheveux sont toujours bien mis et elle porte toujours une
robe et des talons hauts, même en hiver. « Elle doit venir d'un
état chaud », dit mon père en la suivant des yeux. Ma mère
marmonne « Pff, un état chaud. C'est-y l'état qui est chaud ou
elle ? » Mes parents se chicanent souvent dernièrement, ils se
bécotent moins.

Les Lapensée ont deux garçons : le petit Jules et l'aîné,
Robert, qui a mon âge. Leur père est québécois, leurs enfants
vont donc à l'école française comme moi. C'est comme ça que
je suis devenu ami avec Robert. Il n'est ni bête ni brillant, ni
méchant ni gentil, ni intéressant ni ennuyeux. J'avoue que je
me suis précipité sur lui dans la cour d'école parce que j'avais
vu sa mère, super belle, le jour où la famille emménageait dans
la maison à côté de chez nous. Mon attirance envers sa mère

éveille en moi un sentiment nouveau... qui m'excite et que j'essaie de faire fuir en même temps, je ne sais pas trop pourquoi.

Quand Robert m'invite chez lui, je dis oui. Je guette sa mère du coin de l'œil. Elle est comme une danseuse aux pieds légers. Elle se penche, une jambe droite, l'autre légèrement fléchie, pour épousseter un meuble. Je n'ose pas trop la regarder pendant qu'elle fait son ménage en silence.

— Eille Donald ! Tu veux jouer, oui ou non ? implore Robert, le ton plaintif.

Madame Lapensée penche la tête en entendant la voix de son fils, puis elle continue à épousseter, imperturbable. Je reprends le jeu et je fais tous les efforts pour me concentrer.

Madame June Lapensée va se promener en autobus presque chaque samedi. L'arrêt d'autobus est juste au coin, elle descend à 16 h 37 pile. J'entends le grincement des freins de l'autobus quand il s'arrête... le *clac* des portes qui s'écartent pour la laisser descendre... le *toc toc* de ses talons hauts contre les marches de l'autobus... et le bourdonnement malicieux des quatre commères de la rue des Ormes. Elles se retrouvent souvent le samedi chez nous.

— Tiens, tiens, la v'là, l'Américaine, siffle madame Fontaine.

— Ouais, elle s'achète pas mal d'affaires, dit ma mère.

— Mmf, grogne madame Lebrun.

— Son mari doit gagner un sacré bon salaire, ajoute madame Mercier.

Madame June Lapensée descend de l'autobus, les bras chargés de sacs. Elle porte sa robe vert lime, serrée à la taille, ça fait ressortir sa grosse poitrine et ses belles hanches qui ondulent quand elle marche.

— Elle ressemble à une saucisse, susurre madame Fontaine.

Les quatre commères, une moue de dégoût aux lèvres, promènent leur regard sur toute la longueur du corps de madame June Lapensée.

— *Hello*, dit madame Lapensée de son bel accent traînant du Sud.

— Allo, répondent en chœur les commères, affichant un sourire de crocodile. Et elles se collent les unes contre les autres, leurs têtes bien proches, pour continuer leurs potins en chuchotant.

Madame Lapensée remonte la ruelle. Le frou-frou de sa robe et le *crountch crountch* de ses talons qui écrasent le gravier sont des sons bien féminins. Ils resteront longtemps imprimés dans mes souvenirs. Je ferme les yeux pour mieux les entendre quand elle approche de la clôture.

Robert et moi, on est assis sur le sol. Je creuse fiévreusement des sillons avec mon camion, je fais des *vroum vroum* très forts de la bouche pour avoir l'air concentré sur mon jeu. Madame Lapensée réussit à passer tous les sacs d'un bras à l'autre d'un geste fluide et aérien, comme une danseuse. Elle pousse la barrière qui couine sous la douce pression de ses doigts. Mes yeux sont au niveau de ses mollets. Quelle splendeur ! Je suis la ligne imaginaire qui monte, monte du talon jusqu'au bas de la robe. J'ai encore de la difficulté à imaginer ce qui se dissimule sous la robe, mais je pense que c'est chaud et douillet...

Elle passe à côté de moi, me salue en m'ébouriffant les cheveux. Je suis aux anges ! Son parfum de lavande laisse des traces partout sur son passage.

— *Hi boys ! How was your day ?* demande-t-elle en embrassant ses fils.

Ils ne se rendent pas compte de la chance qu'ils ont ! Ils sont indifférents à son toucher. Elle monte les marches pour entrer dans la maison, ses hanches se balancent et ses mollets, perchés sur les talons hauts, se tendent chaque fois qu'elle soulève le pied. Cette femme est la seule de la rue des Ormes qui mérite un piédestal.

Les commères s'éparpillent pour rentrer chez elles s'occuper de leurs propres familles. Ma mère passe dans l'allée, jette un œil par-dessus la clôture des Lapensée et me lance :

— Donald, reviens à la maison.

Encore ébloui par la présence de madame June Lapensée, je hoche la tête distraitement et me lève pour partir.

— Ton camion, espèce d'étourdi, rit Robert.

Je le prends sans dire un mot et je rentre chez moi.

— Cette femme se montre trop, grommelle ma mère.

Mon père ne dit pas un mot. Il garde ses yeux rivés sur le journal et froisse bruyamment les pages en les tournant, on dirait qu'il est frustré.

Dimanche, ma mère se donne un torticolis à la messe, elle regarde partout pour chercher quelqu'un dans l'église. Mon père lui montre qu'il n'est pas content en fronçant les sourcils, ma mère se retourne. Après la messe, les quatre commères s'attirent comme des aimants et jasent. Moi, je suis accroché à la main de ma mère, alors, j'entends tout. Elles ne peuvent pas s'empêcher de remarquer qu'on ne les voit jamais, les Lapensée, à la messe.

— Elle est probablement protestante comme tous les Anglais. Lui peut pas l'être.

— Justement, les Québécois sont tous catholiques.

— Oui, catholiques, comme nous autres.

— Elle le mène par le bout du nez, ça, c'est clair.

Mon père passe à ce moment-là, me prend par la main et lâche, avant de me traîner à la voiture :

— C'est peut-être des athées.

Les commères s'indignent.

— Oh ça, ça serait le pire ! Mon Dieu, sauvez-nous des mécréants !

Dans la voiture, ma mère a sa tête des mauvais jours ; mon père est tendu. Nous retournons chez nous en silence.

En arrivant à la maison, nous sommes bouche bée. Les Lapensée font un pique-nique dans leur cour et le plus beau spectacle se livre à nos yeux : madame June Lapensée en bikini !

— Une vie de débauche. Elle devrait avoir honte.

Comme mon père et moi, on ne réagit pas à son commentaire, ma mère le répète.

— Elle devrait avoir honte !

— Honte de quoi ? dit mon père, dans un rêve.

Nos yeux, à tous les trois, sont fixés sur la peau parfaite... oh oui, la peau parfaite de notre voisine. Monsieur Lapensée tapote affectueusement les fesses de sa femme. Madame June Lapensée glousse de plaisir. Son rire d'ange résonnera dans ma tête des jours durant ! Puis, elle se laisse tomber sur les genoux de son mari. Ils rapprochent leurs têtes, chuchotent. C'est étrange, ça me rappelle ma mère et ses amies quand elles jasent et ne veulent laisser entrer personne...

— Honte de, de, de ça ! Le dimanche, en plus ! s'écrie ma mère.

Elle tire vigoureusement sur la manche de mon père qui ne décolle pas ses pieds du sol. Moi aussi, je reste là. Je voudrais embrasser madame June Lapensée, toucher sa peau si pure. Je suis sûr qu'elle est aussi douce que la soie, même si je n'en ai jamais touché, ni même vu, de la soie.

Une fois mon père éloigné, ma mère revient, elle me prend par l'oreille.

— Ayoye !

— C'est pas poli de regarder les voisins.

Monsieur et madame Lapensée se tournent tous les deux en m'entendant crier. Je rentre dans la maison.

— Est-ce que je peux aller jouer chez Robert?

— Non! tonne ma mère.

— Laisse-le faire, dit mon père.

— Le dimanche, c'est pour la famille, riposte ma mère, collée à la fenêtre de cuisine qui donne sur la cour des Lapensée.

J'approche un tabouret, grimpe sur le comptoir et me mets à genoux. Monsieur et madame Lapensée s'embrassent, encore assis sur la petite chaise de jardin. Ma mère ne bouge pas, mais ses traits sont durs. Quand elle me voit là, il est trop tard, j'ai un gros sourire béat sur la face. Ma mère me prend durement par la taille, me retire du comptoir, m'étouffant presque. Et elle retourne à la fenêtre.

— Maman, c'est pas poli de regarder les voisins!

Ma mère me gifle.

— Une femme comme madame June Lapensée peut mettre des mauvaises idées dans la tête d'un jeune garçon, prévient-elle.

Elle appuie sur la liaison entre *mauvaises* et *idées* pour faire des *mauvaiseuzidées*. Je ne sais pas ce qui l'énerve tant. Contrariée, elle sort et accroche du linge sur la corde. Ce n'est même pas le jour de lessive.

Robert et Jules jouent dans leur cour et ils ne semblent pas voir que leur mère est à moitié nue. Je sors pour parler avec mon ami au-dessus de la clôture.

— Ma mère pense que vous êtes des athées, c'est-y vrai? je chuchote, car je ne veux pas recevoir une autre taloche.

— Ben non, on boit même pas le thé, répond Robert, le nez fripé.

— Le thé? Non, j'pense que ça veut dire...

Le reste de ma phrase se perd dans le vide puisque je ne sais pas moi-même ce que ça veut dire «athée». Madame June Lapensée nous lance un regard oblique. Elle salue ma mère de la main et s'avance vers elle. Ma mère secoue les draps avec beaucoup de vigueur, un peu trop, ils font un claquement sec.

— *Howdy, how are y'all ?*

Ma mère lâche ses draps et se tourne vers madame Lapensée. Elle sourit un sourire tendu.

— Vos petits profitent, madame Lapensée, dit-elle montrant les garçons du menton.

— ...

— Euh, *dey grow*, dit ma mère, en faisant un geste de la main pour indiquer la taille des garçons.

Je suis très surpris d'entendre ma mère parler l'anglais tout croche. En temps normal, elle n'a pas le moindre accent, les mots ne lui manquent pas.

— *Sorry.* Je parle pas anglais. *No speak English.*

Pourtant...

Elle s'éloigne de la clôture, laissant madame June Lapensée avec un gros point d'interrogation sur le front.

Toute la semaine suivante, ma mère est de mauvaise humeur. Mon père évite soigneusement de la croiser, il a peur d'éveiller l'ourse en elle. Elle parle peu, semble distraite, se fâche pour un rien. Vers la fin de la semaine, elle commence à nous parler comme du monde. Le vendredi au souper, elle nous annonce qu'elle invitera ses trois meilleures amies et madame Lapensée chez nous, pour mieux connaître la voisine. La fourchette de mon père reste suspendue à mi-chemin entre son assiette et sa bouche ; puis, finalement, il la laisse tomber sur la table. Mon père balbutie quelque chose, ma mère fait un sourire, je n'arrive pas à comprendre le sens de ce sourire, alors, moi, je ne dis rien.

— Elle est nouvelle dans le quartier, on lui doit quand même ça.

— Ouais, ça fait des mois que les Lapensée sont là, marmonne mon père.

— Pardon ?

La voix de ma mère est tranchante.

— Euh, j'ai dit oui, je suis content pour toi, répond-il en se bourrant la bouche.

Ma mère sourit de nouveau. Elle est déterminée à devenir l'amie de madame Lapensée.

Le lendemain après-midi, en faisant ses croûtes de tartes, ma mère guette par la fenêtre l'arrivée de madame Lapensée. Aussitôt qu'elle la voit descendre de l'autobus, elle dénoue vite son tablier et elle court à la rencontre de notre voisine en agitant les mains. Madame June Lapensée a les bras chargés de colis, ma mère offre de porter un des sacs. Notre voisine a l'air ravie et très surprise d'être soudainement l'objet de cette attention chaleureuse.

— *Would you like to come for coffee at my house with a few friends ?*

— *Why, I'd love to !*

— *Thursday morning at 10:00 ?*

— *I'll be there. And may I say, your English has improved a great deal since last week.*

Ma mère rougit, son sourire disparaît puis renaît aussitôt. Madame June Lapensée reprend son sac et rentre chez elle.

Jeudi matin, je décide d'avoir mal au ventre. Maman me dit que je peux rester à la maison, mais seulement si je ne dérange pas sa rencontre avec ses amies. Je fais semblant de lire dans le salon.

Autour de la table, les quatre commères parlent en français. À tout bout de champ, elles s'excusent auprès de madame Lapensée.

— *Sorry, no speak English much. Too hard*, dit madame Mercier.

Les autres femmes acquiescent de la tête.

— Elle comprend pas un seul mot, dit madame Fontaine, avant de siroter son café.

Les quatre commères continuent à se parler en français, comme si madame Lapensée n'était pas là. La belle voisine fait tomber un cube de sucre dans sa tasse, remue lentement son café, lèche le bout de sa cuillère, la place doucement sur la soucoupe. Elle prend une petite gorgée sans faire de bruit, regarde autour de la cuisine. Elle est si belle quand elle fait ces gestes si simples !

— Elle juge sans doute mes rideaux, s'inquiète ma mère. J'ai pas encore eu le temps d'en faire de nouveaux.

— Fais-toi-z-en pas, ma chère, dit madame Fontaine, une pointe d'accusation dans sa voix, j'suis sûre qu'elle sait même pas coudre.

— Oui, elle a l'air aussi inutile qu'un pis sur un taureau, renchérit madame Mercier.

Les quatre femmes étouffent un rire.

— *Funny joke. Impossible to translate,* dit ma mère, l'accent lourd.

Les femmes continuent à jaser.

Madame Lebrun, Gertrude je crois qu'elle s'appelle, elle ne dit rien, elle fait juste hocher la tête de temps en temps. Elle jette un œil furtif sur l'invitée, un regard presque empreint de pitié. Madame Lapensée croise son regard, lui sourit, mais madame Lebrun détourne les yeux comme si on l'avait prise en train de faire quelque chose de pas correct. Madame Lapensée prend une autre gorgée de café.

— *Euh, Mrs. Lapensée, you want cookie?* demande ma mère.

— *Thank you.*

L'invitée se sert. Et se ressert et se ressert.

— Regardez comme elle mange les biscuits, dit madame Mercier. Elle va grossir comme une balloune.

Madame June Lapensée attend patiemment qu'on lui adresse la parole. Madame Gertrude Lebrun semble rapetisser un peu dans sa chaise, coincée entre Berthe Mercier et Mathilde Fontaine.

— *Are you alright ?* lui demande la voisine.

Ma mère et ses amies cessent de parler, se tournent vers Gertrude Lebrun qui rosit, se redresse, secoue vigoureusement la tête et fait une grimace en montrant l'invitée du doigt comme si elle ne comprend pas de quoi elle parle.

— *I'm fine*, jappe madame Lebrun.

Ma mère se lève pour remplir les tasses et met des biscuits dans l'assiette. Madame June Lapensée semble être la seule qui en mange.

— *You need cookies, euh, you too tin*, dit ma mère, un air de dégoût sur la face.

Madame June Lapensée se penche au-dessus de la table, le regard des quatre commères se fixe sur la profonde ouverture de son décolleté. Je me tords dans tous les sens pour avoir un meilleur aperçu, mais elle se rassoit et enfourne un biscuit dans sa jolie bouche.

— Elle s'habille de façon tout à fait inconvenable pour prendre un café avec ses voisines. Franchement ! mitraille ma mère.

Les quatre commères ne savent plus quoi dire. Berthe Mercier ajuste grossièrement ses gros seins mous. Gertrude Lebrun vérifie que ses boutons sont tous fermés. Mathilde Fontaine croise ses bras pour cacher sa lourde poitrine. Ma mère place une main sur sa gorge, pétrifiée. Complètement jalouses, elles se jettent, toutes en même temps, sur l'assiette de biscuits. Au moment où les commères ont la bouche pleine de biscuits, qu'elles mâchent frénétiquement, madame June Lapensée prend la parole.

— *Oh, I'm not as bad as all that.*

Ma mère s'étouffe. Madame June Lapensée prend une dernière gorgée tranquille de son café. Les quatre femmes la regardent avec des gros yeux ronds.

— *I understand every word of French,* dit-elle calmement.

Elle se lève, se frotte les mains pour se débarrasser des miettes, lisse sa robe jaune soleil, se tient droite, se tourne pour partir. Elle ouvre la porte et, sans regarder les quatre commères, elle dit :

— *By the way, I'm Catholic too ! Just like* les Québécois.

Puis, la porte se ferme sèchement sur les quatre commères de la rue des Ormes.

TABLE DES MATIÈRES

Achevé d'imprimer
en mars 2016
sur les presses de Hignell Book Printing
Winnipeg (Manitoba)
pour le compte des Éditions du Blé